edition suhrkamp

Redaktion: Günther Busch

Bertolt Brecht, geboren am 10. Februar 1898 in Augsburg, starb am 14. August 1956 in Berlin.

Der Brotladen entstand in den Jahren 1929/30. Das Stück sollte über die sozialen Kämpfe dieser Zeit, die Kämpfe um Brot, Obdach und Arbeit berichten und die Zuschauer zur Erkenntnis ihrer Lage und damit zur Veränderung der gesellschaftlichen Situation provozieren. Das Stück, Fragment geblieben, wurde zu Lebzeiten Brechts nie gespielt; es gelangte in der Bearbeitung von M. Karge und M. Langhoff am 13. 4. 1967 im *Berliner Ensemble* zur Uraufführung. Die Musik dazu schrieb Hans-Dieter Hosalla. – Unser Band bringt die Bühnenfassung des *Berliner Ensembles,* Texte aus dem Fragment und einen Arbeitsbericht von Manfred Karge und Matthias Langhoff.

Bertolt Brecht
Der Brotladen
Ein Stückfragment

Bühnenfassung und Texte aus dem Fragment

Suhrkamp Verlag

edition suhrkamp 339
3. Auflage, 15.–16. Tausend 1979

Printed in Germany. Satz in Linotype Garamond bei Georg Wagner, Nördlingen. Druck: Nomos Verlagsgesellschaft, Baden-Baden. Gesamtausstattung Willy Fleckhaus.

Bühnenfassung des Berliner Ensembles

(Manfred Karge/Matthias Langhoff)

Personen

Niobe Queck, *Witwe mit fünf Kindern*
Washington Meyer, *Zeitungsjunge*
Eine Gruppe Arbeitsloser, *genannt Als*
Mascher, *einer von ihnen*
Immobilienagent Flamm
Bäckermeister Meininger
Holzhändler Reuter
Zeitungshändler Schmitt
Herr und Frau Dittmeyer
Frau Franzke
Herr Bölke
Frau Janusch ek
Ajax, *ihr Sohn*

(Herr und Frau Dittmeyer, Frau Franzke, Herr Bölke, Frau Januschek, Ajax: Mieter bei Meininger)

Ein Heilsarmeetrupp
Fräulein Hippler, *Leutnant der Heilsarmee*
Ein Polizist
Ein Arzt
Eine Armenpflegerin
Alfons, *Gehilfe des Holzhändlers*
Chor der Arbeitslosen

Prolog

Ihr, die ihr eben
Vom Essen kommt
Erlaubt, daß wir euch vortragen unser
Unablässiges Bemühen um Essen, wie ihr habt
Auch bescheideneres genügte uns schon.

Wir bitten euch: seht uns
In unablässiger Suche nach Arbeit!
Leider über Essen und Arbeit
Stehen unverrückbare Gesetze
Unbekannte.

Immerfort fallen aber
Nach unten
Durch die Gitter im Asphalt
Allerlei Menschen ohne Merkmal
Oder Zeichnung, nach unten
Plötzlich, lautlos schnell, nach unten
Neben uns gehende, fröhliche nach unten
Mitten aus dem Menschenstrom nach
Ungenauer Auswahl
Sechs von sieben nach unten, aber der siebente
Geht in den Eßraum.

Wer von uns ist es? Welcher
Ist bestimmt zur Rettung?
Welcher gezeichnet?
Wo ist das Gitter, das nächste?
Unbekannt.

1. Der Kampf um den Groschen

SCHMITT

Ihr da! Ich suche einen, der mir die Zeitungen austrägt und für meinen Stand neue Käufer fischt, denn seit kurzem vermehrt sich mein Kundenkreis nicht mehr und ich selber muß bei meinem Stand bleiben.

DIE ALS

Wähle aus unter uns, Mächtiger
Wir alle wollen
Deine Zeitungen austragen.

SCHMITT

Ich kann aber nicht jeden brauchen. Du da, hast du Angehörige?

ERSTER AL *nickt*

ZWEITER AL

Ich habe keine.

DRITTER AL

Der säuft.

VIERTER AL

Ich könnte
Allerhand aushalten, ich war
Gepäckträger.

FÜNFTER AL

Du bist zu alt.

MEYER

Ich bin jünger.

SCHMITT

Und billiger.

CHOR

Ulysses Schmitt, Kampferprobter
Unterweise den Neuling jetzt und erkläre ihm
Die Gesetze deines Geschäftes.

SCHMITT

Da sind 10 Zeitungen.
(Wisch dir die Flossen ab!)
Das müssen zehn Groschen werden.
Einer für dich, neune für mich.
(Stell dich gerad hin!)
Wer bist du?
Du bist nichts.
Nichts als ein Loch, das nach Brot schreit
Ein Maul mehr, das fressen will!
Hier aber hast du die Rettung:
Diese zehn Zeitungen sind dein alles:
Strohhalm, Strick, Insel und Anker
Fressen, Nachtquartier und Stiefel
Jedenfalls aber alles, was
Die Welt für dich hat.
(Wisch dir die Nase ab!)
Wer dir die entreißt, der ist
Dein Feind.
Und keinen anderen hast du, aber der
Will dich umbringen.
(Zuhören!)
Zehnmal also wirst du durchgeprobt
Auf Mut, Härte und Ausdauer
Einmal, wenn du versagst
Wärst du besser nie geboren
Denn für so einen
Wäre ein Schluck Spreewasser
Viel zu schad.
Du bist nicht der stärkste. Ich
Habe ein Auge zugedrückt. Schon Stärkere
Als du haben ihr Geld nicht bekommen, aber
Wenn du es nicht zusammenkriegst
Haue ich dir wie den andern
Deinen Kopf herunter.

CHOR

Jetzt bist du allein und gehst los
Bewähre dich!
Welch eine Stunde ist, weißt du
Was dich erwartet, hast du gehört
Jetzt handle!

MEYER

Zeitungen! Zeitungen!
Er verkauft nichts.

CHOR

Sag ihnen, was für sie drinsteht!

MEYER *zu einem Al:*

Die Schutzmaßnahmen der Polizei für den
Heiligen Abend im Westen!
Er verkauft nichts.

CHOR

Wisse, daß es zweierlei Arten
Von Menschen gibt! Ihre Wünsche sind
Verschieden, verschieden sind ihre Ansichten und
Verschieden sind ihre Taten.

MEYER

Dann muß ich herausfinden, was die einen wollen und was die andern. Börsenberichte! Stellenangebote!
Er verkauft.

FRAU QUECK

Hüten Sie sich an diesem Eck vor dem Herrn Januschek, der eine brutale Natur ist und sicher nichts zahlen will.

MEYER

Das werden wir sehen, ob der mir nichts zahlt. Hier habe ich die Zeitung, und er, wenn er eine nimmt, gibt mir den Groschen her.

CHOR

Tritt hervor, Ajax Januschek!
Männerzerschmetterer!
Alte Schmetterhand!

Ajax nimmt eine Zeitung, zahlt nicht, geht.

DIE ALS

Jetzt haut dir dein Brotherr den Kopf herunter!

MEYER

Was hilft mein Herumrennen
Wenn jeden Tag am Abend
Januschek kommt, der Kampfgewohnte, und
Nimmt eine Zeitung umsonst
Wo auf zehn Zeitungen eine kommt
Deren Erlös mir gehört
Und die stiehlt Januschek in aller Öffentlichkeit
Lediglich, weil er stark ist.
Frau Januschek! Frau Januschek!
Ihr Sohn, der Herr Januschek, nimmt hier eine Zeitung weg und bezahlt nichts!

FRAU JANUSCHEK *aus einem Fenster:*

Das kann ich nicht glauben, denn wenn mein Sohn eine Zeitung nimmt, dann bezahlt er auch.

MEYER

Alte Kuh!
Jetzt weiß ich, was ich mache, List hilft. Da ist eine Kehrichttonne. Das ist die Rettung! Strohhalm, Strick, Insel und Anker! Da ist mein Feind, der will mich umbringen. Das will ich ihm zeigen.

Jeder andere legte
Die Zeitungen hin, wo die alte Frau herschaut
Ich aber lege mich selber her, denn
Ich weiß, sie kann ich
Nicht mehr überzeugen, auch
Wenn sie sieht, die Mutter, daß ihr Sohn
Die Zeitung nicht zahlt. Sie
Sieht es nicht. Was bedeutet es ihr
Wenn mir ein Groschen fehlt, ihr
Muß ich meinen abgehauenen Kopf zeigen.

Er schneidet mit seinem Taschenmesser den Boden der Tonne aus.

CHOR

Jetzt benimmt sich staatsmännisch
Washington Meyer, der Staatsmann
Und folgt dem Gesetz, das in der Tiefe herrscht:
Der Gewalt gegenüber verbirg dein Leben!
Denn wenn die Gewalt ins Leere haut
Dann schwächt sie sich selber.
Darum ersinnt er jetzt eine List
Mit dieser Kehrichttonne.

Ajax Januschek kommt zurück und will wieder eine Zeitung nehmen.

Washington Meyer stürzt sich auf ihn.

Noch ist er schwach, denn er kämpft.
Schwach ist der Schwache, solange
Er kämpft.
Bald ist er besiegt und wird stark
Und einsetzt die List.
Fallend in die Kehrichttonne
Unter den Schlägen des Feinds
Wird er vortäuschen, es sei
Mit Gewalt getrieben worden
Durch den eisengenieteten Tonnenboden
Sein armer Kopf. Wonach
Ein Mensch tot ist.
All dies aber plant er vor den Augen der Mutter
So erschreckt er den Schläger
Daß er bereit ist zu zahlen.

MEYER

Frau Januschek! Schauen Sie heraus, Frau Januschek!

FRAU JANUSCHEK

Ajax!

Ajax Januschek wendet sich erschrocken um. In diesem Augenblick läßt sich der Knabe in die Tonne fallen und zwar so, daß sein Kopf durch den ausgeschnittenen Boden fährt, als schlüge er ihn durch.

AJAX

Ich zahle zwei Groschen!
Ich zahle drei Groschen!
Wenn du nur wieder aufwachst!

MEYER

Drei Groschen!

AJAX

Ich zahle drei Groschen.
Daß meine Mutter im Alter
Sehen mußte meine Niedrigkeit, das
Ertrage ich nicht.

MEYER

Drei Groschen!

FRAU JANUSCHEK

Ajax, sofort in die Backstube.

Ajax bezahlt einen *Groschen und kehrt,* von *seiner Mutter streng gerufen, ins Haus zurück.*

MEYER

Ein Groschen!

DIE ALS

Ein Groschen.

MEYER

Aber immerhin ein Groschen!

CHOR

Dieser Glückliche.
Er hat seinen Groschen.

II. Das Holz der Witwe Niobe Queck

FRAU QUECK

Ich bin die Witwe Queck mit der rückständigen Miete. Ich mache alle Gänge für Herrn Bäckermeister Meininger, dem unser Haus gehört. Durch diese kleinen Gänge ernähre ich, da mein Mann gestorben ist, meine fünf unmündigen Kinder, von denen mein Wilhelm ein sehr aufgewecktes Kind ist. Fünf sind es, weil der Verstorbene sich nie und nimmer in keinem Punkte Zurückhaltung auferlegt hat und ich mir nicht erlaubt hätte, ihn nicht immer und ewig in jedem Punkte auf der Stelle restlos und vollständig zu befriedigen.

MEININGER

Frau Queck!

FRAU QUECK

Ja, Herr Meininger! Ich eile. Ich würde mir nie erlauben, Sie nicht immer und ewig in jedem Punkte auf der Stelle restlos und vollständig zu befriedigen, Herr Meininger.

MEININGER

Ich benötige für die handgeheizten Backöfen meiner Kleinbäckerei für 100 Mark Holz. Laufen Sie zum Holzhändler Reuter, und bringen Sie das Holz sofort mit. Wir nehmen wie gewöhnlich Knüppelholz und lassen es von den Arbeitslosen, von denen es mehr gibt wie gelbe Hunde, hacken, das ist um gute 30 Mark billiger, als wenn wir Kleinholz nehmen.

FRAU QUECK

Herr Meininger, ich sehe, sie sind weitblickend. Ich bestelle also Holz für 100 Mark, und zwar Knüppelholz, und zwar dalli. *Ab.*

DIE ALS *stürzen herbei:*

Ein rosiger Tag! Arbeit!

Hier soll ein Holzstoß
Zum Zerkleinern herkommen!

MEININGER
Wer hat euch denn das wieder gesagt, ihr Geier?

EIN AL
Das hat sich wie ein Lauffeuer herumgesprochen, Herr Meininger.

DIE ALS
Wo sind die Äxte, wo ist der Holzklotz?
Und auch Sägen benötigen wir!

MEININGER
Gut. Es ist richtig, hier ist ein Holzstoß zu erwarten.
Es gibt also Arbeit. Stellt euch dort drüben auf.

DIE ALS
Ein rosiger Tag!
Immerfort Arbeit!
Ein rosiger Tag!

FLAMM *kommt:*
Ich bin der Immobilienagent Flamm und mache meine Runde. Guten Morgen, Herr Meininger.

MEININGER
Guten Morgen, Herr Flamm.

FLAMM
Endlich wieder einmal ein richtiger, schöner Winter. Mit Schnee und Eis. Man fühlt sich eigentlich nie frischer als im Winter, man bringt mittags einen richtigen Hunger mit nach Hause durch die scharfe Luft. Wie geht übrigens das Geschäft, Herr Meininger?

MEININGER
Ich freue mich, Ihre Bekanntschaft zu machen. Eine Immobilienfirma ist natürlich ein unvergleichlich größeres Geschäft als meins, Herr Flamm.

FLAMM
Ja, aber die Zeiten sind furchtbar. Unsere Lage als kleinere Immobilienfirma, die Ihnen als wunder wie mächtig er-

scheinen mag, da unsere Firma Ihnen ja auf Ihr Haus zwei Hypotheken bewilligt hat, ist einfach entsetzlich. Wir haben es mit den Kleinbanken zu tun, welche uns an der Gurgel haben und vollständig in den Händen der Großbanken sind, die Großbanken aber stehen wieder mitten in der Krise, da sogar die D-Banken wanken, weil die Industrie Unsummen verschlingt, ohne dadurch auf einen grünen Zweig zu kommen, weil der Staat doch sogar schon mit dem Gedanken spielt, sogar von der Industrie Steuern zu verlangen, und, was überhaupt seit Menschengedenken nicht vorgekommen ist, sogar schon der Plan besteht, diese Steuern wirklich einzutreiben, weil Amerika, dem Europa bis an den Hals verschuldet ist, sich in einer entsetzlichen Krise windet, über deren Gründe sich selbst die größten Gelehrten absolut nicht klarwerden können. Ich kann Ihnen die äußerst verwickelten Zusammenhänge zwischen Industrie und Handel, welche ich selber kaum verstehe, natürlich nur andeuten, da Sie keine Nationalökonomie studiert haben.

MEININGER

Das ist alles sehr interessant, Herr Flamm.

FLAMM

Wie geht übrigens das Geschäft, Herr Meininger?

MEININGER

Der Meiningersche Brotladen, bestehend seit dem Jahre 1848, verdankt seinen guten Namen bei der Kundschaft der konsequenten Aufrechterhaltung seines Handbetriebes.

FLAMM

Ja, der Meiningersche Brotladen gilt als eine der besten Kleinbäckereien dieser Straße. Leider gibt es solche Kleinbäckereien wie die gelben Hunde. Ich sehe, Sie beschäftigen hier Leute wie ein Großbetrieb. Siemens-Schuckert entläßt seine Arbeiter, und Sie stellen ein. Das ist anständig von Ihnen jetzt vor Weihnachten, da haben die Leute was zu essen. Da werden Sie ja auch Ihre Zinsen an uns zahlen zu Neujahr. Können Sie Ihre Zinsen zahlen an Neujahr? Wir sind am Rande unserer Geduld, Meininger. Dieser Meiningersche Brotladen mit den rückständigen Zinsen wird am 1. Januar geschlossen werden, wenn nicht wenigstens die Zinsen der Hypotheken, die hiermit gekündigt sind, bezahlt werden. Wenn Sie die Zinsen am 1. Januar bezahlen, können Sie noch ein Jährchen Ihren Handbetrieb weiterführen.

Ab.

MEININGER

Herr Flamm, Sie haben mir die Augen geöffnet. Ich würde mir nicht erlauben, Sie nicht am 1. Januar in diesem Punkte restlos und vollständig zufriedenzustellen.

DIE ALS

Das ist der höchste Mensch, den wir je gesehen haben.
Und er klagte!

MEININGER *im Haus:*

Das Licht brennt wieder in der Backstube! Dieser Leichtsinn macht mich kaputt! Ihr kennt den Pfennig nicht mehr, ihr ehrt den Pfennig nicht mehr, das Bier zur Vesper wird abgeschafft, und der Weihnachtskarpfen wird in den Ausguß geschmissen, damit wenigstens die Butter gespart wird.

DIE ALS

Wehe, unser Gigant wankt!
Wenn die Giganten wanken
Fallen unter den Unbeteiligten die Opfer.

FRAU QUECK *kommt:*

Herr Meininger, ich habe sofort in größter Eile so gut ich konnte Ihren Befehl restlos und vollständig in jedem Punkte ausgeführt. Gleich kommt das Holz. Knüppelholz. Für 100 Mark Knüppelholz.

MEININGER

Für 100 Mark Holz bei meiner Lage.

REUTER *kommt:*

Ich bin der Holzhändler Reuter und bringe Herrn Meininger für 100 Mark Knüppelholz. Dies Geschäft kommt mir sehr gelegen, denn ich muß bis zum 1. Januar an Herrn Flamm die rückständigen Zinsen der Hypotheken bezahlen. Guten Tag, Herr Meininger!

MEININGER

Guten Tag, Herr Reuter.

REUTER

Da wäre das Holz.

MEININGER

Was für ein Holz?

REUTER

Kiefernholz.

MEININGER

Schönes Holz haben Sie da. Wer hat denn das Holz bestellt?

REUTER

Sie doch, Herr Meininger.

MEININGER

Ich? Sie sind gut! Meinen Sie, ich habe das Geld zum Hinauswerfen? Bin ich Siemens-Schuckert?

REUTER

Herr Meininger, machen Sie da keine Geschichten. Frau Queck hat für Sie Holz bestellt, und da ist das Holz. Ich bin mitgekommen, um das Geld gleich zu kassieren, denn es hat sich natürlich wie ein Lauffeuer verbreitet, daß hier nicht mehr alles richtig ist. Hier ist die Rechnung.

MEININGER

Moment. Frau Queck!

FRAU QUECK

Brauchen Sie noch etwas, Herr Meininger?

MEININGER

Frau Queck, ich frage Sie jetzt im Beisein des Herrn Holzlieferanten Reuter, ob ich Ihnen den Auftrag erteilt habe, für mich Holz zu holen. Was antworten Sie da, Frau Queck?

FRAU QUECK

Ja, Herr Meininger.

MEININGER

Was ja? Habe ich Ihnen den Auftrag erteilt oder nicht?

FRAU QUECK

Nein, Herr Meininger.

REUTER

Herr Meininger, ich traue meinen Ohren nicht.

MEININGER

Ja, Herr Reuter, da hätten Sie besser Ihren Ohren nicht getraut, als Frau Queck angeblich für mich das Holz bestellt hat. Ich frage mich wirklich, Herr Reuter, wie können Sie auf Frau Queck hören. Frau Queck ist gar nichts.

FRAU QUECK

Ja, wie können Sie, Herr Reuter? Sie können doch nicht, wenn ich sage, Sie sollen Holz bringen, einfach Holz bringen. Wer bin ich denn.

REUTER

Ich hätte doch Frau Queck nicht im Traume *einen* Kubikmeter Holz anvertraut.

FRAU QUECK

Niemals.

REUTER

Bin ich denn ein Idiot?

MEININGER

Diese Frage können Sie sich beantworten, Herr Reuter.

FRAU QUECK

Ja, das müssen Sie, Herr Reuter.

MEININGER *im Abgehen:*

Ja, Herr Reuter, das Holz gehört Frau Queck, wie Sie sehen. Die Rechnung geht an Frau Queck.

REUTER

Ja, Frau Queck, Herr Meininger verweigert die Annahme

des Holzes, das Sie bestellt haben. Für mich ist es Ihr Holz, Frau Queck. Hier ist die Rechnung.

FRAU QUECK

Ich habe das Holz für Herrn Meininger bestellt.

REUTER

Hatten Sie einen schriftlichen Auftrag?

FRAU QUECK

Nein.

REUTER

Haben Sie nicht irgendeinen Beweis dafür, daß Herr Meininger das Holz bestellt hat?

FRAU QUECK

Nein. Doch. Da sind Männer von Herrn Meininger zum Holzhacken angestellt worden, die haben Äxte.

REUTER

Herr Meininger!

MEININGER

Herr Reuter?

REUTER *zeigt auf die Als und die Äxte:*

Also, nicht wahr, Herr Meininger, daß Sie das Holz bestellt haben, das steht doch wohl jetzt außer Frage.

MEININGER

Können Sie denn das Holz nicht zurücknehmen, Herr Reuter?

REUTER

Nein, wir nehmen in diesen Zeiten prinzipiell nichts zurück. Sie haben das Holz bestellt, Herr Meininger.

MEININGER

Das ist überhaupt Knüppelholz. Seit wann bestelle ich Knüppelholz?

REUTER

Seit fünf Jahren, Herr Meininger.

MEININGER

Dann will ich Ihnen sagen, seit wann ich kein Knüppelholz mehr bestelle, seit heute morgen.

REUTER

So! Für solche und ähnliche Fälle haben wir in diesem Städtchen, na, was haben wir da?

MEININGER

Die Polizei.

REUTER

Die Polizei. Die Polizei hat die Aufgabe, für Ordnung zu sorgen, und was sich hier abspielt, Sie werden mir beistimmen, ist keine Ordnung. Ich rufe jetzt die Polizei gegen Sie, Meininger.

MEININGER

Aber, lieber Herr Reuter, wir werden uns doch nicht wegen dem Holz hinstellen.

REUTER

Herr Meininger, es ist auch für mich peinlich, mich mit Ihnen vor diesem Pack herumzustreiten.

MEININGER

Dürfte ich Sie hereinbitten, Herr Reuter?

REUTER

Bitte, Herr Meininger.

DIE ALS

Wehe, unter den Giganten
Entbrennt wieder ein Kampf.
Wer wird ihn bezahlen?
Sicherlich doch der Gigant nicht.
Wehe, unser Gigant wankt!
Auf wen
Fällt sein brechendes Aug begehrlich?
Sicherlich auf uns!
Denn die Giganten kämpfen, aber
Unter den Unbeteiligten fallen die Opfer!

MEININGER

Frau Queck, können Sie Ihre rückständige Miete zahlen an Neujahr? Frau Queck, Sie sind gekündigt.

FRAU QUECK

Muß ich ausziehen, Herr Meininger?

MEININGER

Jawohl.

FRAU QUECK

Da müssen die Möbel herunter.

MEININGER

Äxte her!

EIN AL

Ach, es wird nicht mehr gehackt. Aber jetzt sind wir eine halbe Stunde in der Kälte herumgestanden, das muß bezahlt werden.

MEININGER

Wieso nur eine halbe Stunde? Ihr steht doch schon seit Tagen in der Kälte herum, soll ich das auch zahlen?

EIN AL

Nein.

MEININGER

Seht ihr.

ANDERER AL

Halt, halt, die halbe Stunde muß bezahlt werden. Die halbe Stunde sind wir doch jetzt in Ihrem Auftrag herumgestanden.

EINER AUS DEM CHOR

Hier herrscht Logik, hier herrscht Hunger.

MEININGER

Könnt Ihr mir vielleicht zeigen, was Ihr gemacht habt? Seht Ihr. Schafft der Frau die Möbel herunter.

FRAU QUECK

Das ist ein Tag! Geben Sie auf die Kommode acht. Stoßen Sie nicht links an, da hat sie ein Bein.

MASCHER

Wir stoßen sie rechts an, Frau Queck.

FRAU QUECK

Ich danke Ihnen, Herr Mascher.

EIN KIND
Mama!
FRAU QUECK *sitzt auf den Möbeln:*
Halt die Klappe, Friedrich! So, das wäre wenigstens geschafft.
Seit zwanzig Jahren wohnend in diesem Hause
Begannen wir lieb zu gewinnen unser trautes Heim.
Selbst den löchrigen Ausguß
Könnt ich nicht missen im Alter jetzt
Ohne die feuchte Wand –
Selbst den Schwamm
Schätze ich in den Dielen –
Wäre mein Leben kein Leben mehr.
Den Windstoß, der durch die Mauer geht
Kenne ich
Der Gestank vom Abort sogar
Störte uns nicht
Wir sind gewohnt den rauchenden, aber
Holzverschlingenden Ofen
Und gewohnt sind wir
Das Beben des Hauses
Unter den Zügen der Stadtbahn
Über den Zügen der Untergrund.
REUTER *mit Meininger aus dem Haus:*
Herr Meininger, Sie wissen, daß ich mich mit Ihnen einigen möchte, aber die Schwierigkeit besteht darin, daß Frau Queck nichts hat.
MEININGER
Frau Queck hat wenig, aber nicht nichts, Herr Reuter.
REUTER
So, diese Möbel gehören Ihnen, Frau Queck.
FRAU QUECK
Jawohl, Herr Reuter.
REUTER
Ein Plunder! Sie werden das Holz bezahlen, Herr Meininger.

MEININGER

Wieso ich?

REUTER

Natürlich, an Frau Queck haben Sie einen gewissen Regreßanspruch. Und Frau Queck hat ja immerhin Möbel.

MEININGER

Ein Plunder! Herr Reuter, ich verweigere die Bezahlung des Holzes, denn Frau Queck hat ja immerhin Möbel.

REUTER

Diesen Plunder nehme ich Ihnen nicht ab, Herr Meininger.

MEININGER

Und was ist das?

FRAU QUECK

Das ist das Bombardon des verstorbenen Herrn Queck aus echtem Messing, das ich aufhebe für meinen Wilhelm, der sehr musikalisch ist.

REUTER

Ich mache Sie übrigens ausdrücklich darauf aufmerksam, daß ich, wenn ich jetzt Ihre Möbel beschlagnahme, nicht in meiner Eigenschaft als Fürsorgepfleger handle, sondern lediglich als privater Geschäftsmann. Ich sage das, damit nicht wieder ein Stunk in den Zeitungen entsteht, die ja leider immer die eindeutige Handlungsweise von Männern, die sich für das öffentliche Wohl aufopfern, in gehässiger Weise zweideutig machen. Ich denke, nach dieser Erklärung kann mir niemand mehr daraus einen Strick drehen, Frau Queck. Alfons, du kannst die Möbel gleich mitnehmen.

ALFONS

Also, Frau Queck, da muß ich also jetzt die Chaiselongue abtransportieren.

FRAU QUECK

Heinrich, herunter, mach Platz, Leopold.

ALFONS

Es ist mir natürlich unangenehm und ...

FRAU FRANZKE

Was ist denn da los? Sie können doch nicht im Ernst der Frau Queck die letzten Möbel wegschaffen. Das ist doch die Höhe. Frau Dittmeyer! Die schaffen der Frau Queck auch noch die Möbel weg.

FRAU DITTMEYER

Das sollte aber wirklich nicht sein, daß man der Frau auch noch die Möbel wegschafft.

HERR DITTMEYER

Nein, das sollte wirklich nicht sein.

FRAU FRANZKE

Ja, was machen Sie jetzt nur, Frau Queck, ohne Wohnung, die Kinder auf dem Hals.

FRAU DITTMEYER

Da sollten wir doch etwas tun.

DIE MIETER

Herr Bölke!

HERR BÖLKE

Was ist denn los, Frau Franzke?

FRAU FRANZKE

Da sitzt die Frau Queck auf der Straße, und die Möbel werden ihr weggeschafft.

FRAU DITTMEYER

Emil, sieh mal nach dem Rechten.

HERR DITTMEYER

Also, was wollen Sie da machen mit den Möbeln?

FRAU FRANZKE

Frau Queck, schicken Sie Ihren Frederick sofort auf die Polizeistation.

FRAU QUECK

Bobby, lauf mal schnell auf die Polizeistation.

HERR DITTMEYER

Wir wollen doch sehen, ob ein Mensch hier einfach im Schlamm versinken kann, nachmittags um fünf.

DER POLIZIST

Auseinandergehen! Wem gehört die Kiste?

FRAU QUECK

Bitte, das ist eine Kommode, Herr Wachtmeister.

DER POLIZIST *im Abgehen:*

Die Kommode muß sofort weg, sie steht im Wege.

ALFONS

Es ist mir ja selber unangenehm, aber ich habe den strikten Auftrag von Herrn Reuter, die Möbel wegzuschaffen.

HERR BÖLKE

Also, darüber sind sich doch alle einig, die Möbel bleiben hier, nicht wahr?

FRAU QUECK

Lassen se mal, Herr Bölke, verbrennen Sie sich nicht den Mund.

ALFONS

Bitte.

FRAU JANUSCHEK

Halt! Was tut ihr? Ihr Wahnwitzigen
Bereit, euch in den Kampf zu stürzen
Ohne Waffen, blind durch Mitleid! Wollt Ihr
Zurück
Einen Kiesel holen, der
In ein Meer gefallen ist!
Wer seid ihr? Man hört euch reden fünf Straßen weit
Wie Millionäre, die die Geschicke der Welt bestimmen
Nach Gutdünken. Selbst kaum fähig
Euch selber zu helfen, mit halbgefüllten Mägen
Bettelnd um Kleider
Wollt ihr immer noch nicht schweigen!
Kehrt um in eure Wohnungen, festhaltend das Eure
Tut Wachs in die Ohren, damit
Ihr umkehren könnt.

CHOR

Jetzt besinnen sie sich.

Gewarnt vor den Folgen
Zögern sie mit ihrem Mitleid.
Bald
Wird man sie weggehn sehn mit einem Händedruck
Aufsuchend die eigene
Warme Wohnung.

FRAU DITTMEYER *im Abgehen:*
Uns ist sie noch einen Milchtopf schuldig, den werden wir auch nicht mehr sehn.

HERR DITTMEYER *im Abgehen:*
Ich habe dir immer gesagt: ist der Milchtopf zurück?

FRAU QUECK
Nein, das hätte ich auch nicht gedacht, daß ich einen Milchtopf eines Tages nicht zurückgeben könnte.

FRAU FRANZKE
Ach, Frau Queck
Nun sitzen Sie auf der Straße. Heute vormittag noch
Sprachen Sie so freundlich zu mir.
Die Stiegen haben Sie immer so sauber gehalten
Und oftmals sagten Sie: Das und das
Würden Sie sich nie erlauben.
Was werden Sie jetzt machen. Wohin werden Sie
Gehen heute nacht –

FRAU JANUSCHEK
Halt! Frag nicht weiter
Wenn sie antwortet, was machst du?
Du kannst ihr nicht helfen.
Tu Wachs in deine Ohren
Sonst bist auch du verloren!
Frau Franzke geht.
Herr Bölke gibt Frau Queck die Hand.

FRAU JANUSCHEK
Dieser da hat Recht!
Er sagt nichts!
Er fragt nichts!

Und er gibt nichts!
Denn er kennt seine Lage!

ALFONS

Soll ich also die Möbel wegschaffen?
Dann schaffe ich also die Möbel weg.

CHOR

Auch die Möbel weg! Das dritte Unglück!
Leicht trennt man von dem sich, dem
Nicht mehr zu helfen ist. Gott sei Dank, er ist fort.
Es war ihm nicht mehr zu helfen.
So nämlich wird
Der von Furunkeln
Heimgesuchte selbst als Furunkel empfunden.
Nicht von Furunkeln befreit man, sondern
Man befreit sich von ihm.
Aber dennoch ist es schwer, sich wegzureißen, besonders
Für den, der selber am Abgrund wohnt und aus dem Abgrund
Sein Brot fischt. Schwer gibt der selber Bedrohte
Einen seinesgleichen auf. Wer unterschreibt ein Todesurteil
Wo der Name noch ausgelassen ist, vielleicht ist es der seine?

EIN AL

Herr Meininger! Wir haben der Frau Queck die Möbel heruntergebracht, das muß bezahlt werden. Da gibts keine Ausflucht.

MEININGER

Ah, ihr habt der Frau Queck die Möbel heruntergetragen?

FRAU QUECK

Ja, das haben sie gemacht, da gibts keine Ausflucht, Herr Meininger.

MEININGER *im Abgehen:*

Ah, Sie zahlen, Frau Queck? Ist gut. Ja, Leute, ich habe große Sorgen.

CHOR

Anders als die Kämpfe der Höhe sind

Die Kämpfe der Tiefe. Der zerschmetterte Gigant
Nach dem Kampf geht er vespern.

MASCHER

Also, Frau Queck, das macht die halbe Stunde pro Mann 25 Pfennig. Das macht 1 Mark 25.

FRAU QUECK

1 Mark 25, stimmt es? Ist gut!

DIE ALS

Also 1 Mark 25.

FRAU QUECK

Wissen Sie, ich habe das Geld nicht flüssig.

MASCHER

Ja, Frau Queck, damit ist die Sache aber nicht zu Ende.

FRAU QUECK

Ja, ja. Jetzt schulde ich 1 Mark 25 Pfennige. Vorige Woche hätte ich beinahe keinen Rat mehr gewußt, weil Leopold Strümpfe brauchte, und jetzt sind auf einen Sitz 100 Mark weg. Wenn mir die Herren vielleicht 30 Pfennige leihen könnten, dann würde ich wenigstens fürs erste nicht ganz ohne Mittel sein.

MEYER *kommt:*

So, meine Herren, Meyer hat seinen Kontrakt mit Schmitt auf andere Beine gestellt. Washington Meyer hat den fahrbaren Zeitungsstand übernommen.

FRAU QUECK

Gratuliere, Herr Meyer. Können Sie da nicht meinen Frederick anstellen? Bin in Verlegenheit.

MEYER

Kann ich nicht machen, Frau Queck, würde meinen Kontrakt aufs Spiel setzen. Halbwüchsige dürfen nicht angestellt werden.

EIN AL

Washington, die Frau liegt auf der Straße.

MEYER

Ja, Frau Queck, ich sehe Sie mit Bedauern

In einer veränderten Lage, welche sicher nicht
Lange dauern wird. Ich selber
Habe eben Obdach gefunden und eine Arbeit mit Mühe.
Es tut mir leid, Ihnen sagen zu müssen: Ich
Kann nichts für Sie machen.

FRAU QUECK

Es ist mir selbst unangenehm, daß ich so auf der Straße sitze. Wissen Sie, ich bin sehr ungern angewiesen auf die Leute. Sie tun ja doch nichts für einen. Die reißen sich kein Bein aus, wenn einer ins Unglück kommt, wo sie doch selber ihren Kopf voll haben von ihren eigenen Sorgen. Ich könnte Ihnen jetzt noch nicht einmal sagen, was ich in der nächsten halben Stunde anfange.

CHOR

Wenn die Not am größten, wird schon was eintreten.
Es kommt – die Heilsarmee: die himmlische Chance der Frau Queck.

HEILSARMEE *kommt singend:*

»Ziehet hinein in die Schlacht.«

HIPPLER

Warum liegst du denn auf der Straße, Schwester?

FRAU QUECK

Ich habe gesagt, Sie haben das Holz bestellt, Herr M.

HIPPLER

Und was war die Wahrheit?

FRAU QUECK

Daß Herr M. das Holz bestellt hat.

HIPPLER

Deswegen bist du doch wohl nicht herausgesetzt worden, geh einmal in dich, warum hat dich denn Gott bestraft?

EINER AUS DEM CHOR

Weil Herr M. pleite ist.

HIPPLER

Sag die Wahrheit, Schwester.

EINER AUS DEM CHOR

Die hat sie schon gesagt.

FRAU QUECK

Ich habe die Miete nicht bezahlt, stellen Sie sich vor, fünf Monate.

HIPPLER

Ach, du hast deine Miete nicht bezahlt. Aber auch das kann nicht die Wahrheit sein. Die Wahrheit ist, daß du dich versündigt hast, Gott gegenüber. Wir singen Nr. 27: Hebt eure Augen zu Gott!

EINER AUS DEM CHOR

Wenn ich mir die Bemerkung erlauben darf, der Frau fehlt es nicht an Frömmigkeit, sondern an einer Unterkunft. Ich meine, es fehlt ihr nicht innerlich, sondern äußerlich.

EINER AUS DEM CHOR

Hat denn die Frau gar keine Chance?

HIPPLER

Doch, eine himmlische.

EINER AUS DEM CHOR

Aber die kann sie nicht ergreifen.

HIPPLER

Es ist eben schwer, in den Himmel zu kommen. Es ist eben leichter, in eine Bank hineinzukommen.

FRAU JANUSCHEK

Sowas, die Frau Queck soll in eine Bank hineinkommen.

HIPPLER

Frau Queck soll nicht in eine Bank hineinkommen. Sie muß in sich gehen und ein reifer Mensch werden. Nur mit dem Äußerlichen ist nichts getan für Frau Queck.

FRAU QUECK

Können wir nicht mal das Äußerliche besprechen?

HIPPLER

Nein, das Äußerliche wollen wir nicht besprechen. Wir wollen besprechen, was in dir ist, Schwester, und wie es da aussieht. Bist du denn auch innerlich so reif und so sicher, daß du in Ordnung bist, und daß bei dir selber gar nichts fehlt, nämlich Gott gegenüber? Daß du dich einfach hinstellen kannst und einfach verlangen: so jetzt hilf mir, Gott.

MEYER

Nehmen Sie mal ruhig an, sie kann es von sich sagen; oder eine der fünf Gören kann es von sich sagen: kommen sie denn dadurch von der Straße weg? Frau Queck, ich frage Sie jetzt, was wollen Sie? Brot oder Zuspruch?

CHOR

Was wird sie wollen?
Brot oder Zuspruch?
Was wird sie bekommen?
Zuspruch!

HIPPLER

Bringen Sie nur sich in Ordnung, Herr Meyer. Überlassen Sie Frau Queck ruhig dem lieben Gott. So, Herr Meyer, und jetzt, wie stehen Sie zu Gott?

MEYER

Ja, Fräulein Hippler, positiv, durchaus positiv. Nur, er hat natürlich sehr wenig Einfluß in der Stadt. Man hört immer, daß er eine Menge reicher Freunde hat, Herrn Rockefeller und den Herrn Siemens-Schuckert. Aber seine Freunde lassen ihn leider anscheinend sehr häufig aufsitzen.

HIPPLER

Ach, Sie meinen, weil er Ihnen keine Zeitungen abkauft?

MEYER.

Auch.

HIPPLER

Gott ist unsichtbar.

MEYER

Ja, das ist er, er ist verdammt unsichtbar. Wir alle würden nämlich Frau Queck ganz gerne dem lieben Gott überlassen, aber nicht dem Schnee und dem Hunger.

HIPPLER

Ach, das Äußerliche, das ist doch ganz einfach, wem gehört denn das Haus, wo du gekündigt bist?

HEILSARMEEMÄDCHEN

Misch dich da nicht hinein, Schwester, diese Dinge sollen die Leute unter sich abmachen.

MEYER

Das Haus gehört dem Bäcker Meininger, der hat sie rausgeschmissen, der Herr Meininger.

HIPPLER

Der Herr Meininger ist ein sehr ordentlicher Mann. Der sitzt jeden Sonntag auf seinem Platz bei uns, nicht wahr, Schwestern? Mit dem Herrn Meininger kann man sehr gut ein christliches Wort reden.

HEILSARMEEMÄDCHEN

Was fällt dir denn ein, Schwester. Misch dich ja nicht in solche Sachen.

MEYER

Dann reden Sie doch mal ein christliches Wort mit Herrn Meininger.

HEILSARMEEMÄDCHEN

Tu Wachs in deine Ohren, sonst sind auch wir verloren.

HIPPLER

Was wollen Sie denn von mir? Ihr denkt eben nur an das Materielle.

MEYER

Ja, aber wir denken nicht nur, sondern wir tun auch. Hier ist ein Groschen, ein ganz gewöhnlicher, niedriger, gemeiner, schmutziger Groschen.

DIE ALS UND DIE MIETER

Halt! Gib den Groschen nicht
Aus der Tasche! Aufsteigender!
Gegen die Klagen der Untergehenden verstopf dein Ohr!
Tu Wachs in deine Ohren
Sonst bist auch du verloren!

MEYER

Brot oder Zuspruch?

FRAU QUECK

Da mach ich die Augen zu, Herr Meyer.

Tippt auf den Groschen.

MEYER

Brot.

CHOR

Sehet, jetzt erreicht die Sinkende
Des Brotladens letzte Gabe: die kärgliche Semmel.

EINER AUS DEM CHOR

Was ist denn nun mit der Macht der Religion?

HIPPLER

Unser heutiger Text lautet: Und wenn du ihn nicht siehst noch schmeckest, so ist er doch gegenwärtig allerwege. Sie verstehen, Gott ist gegenwärtig, auch wenn man sein Walten im Moment nicht merkt. Dazu folgendes Gleichnis –

EINER AUS DEM CHOR

Wir sehen schon, entweder gibt es einen Gott oder Frau Queck.

HIPPLER

Da brüstet sich das Laster und ist doch bald dahin!

HEILSARMEEMÄDCHEN

Komm jetzt, Schwester!

HIPPLER *im Abgehen:*

In Scharlach gekleidet sitzt die Sünde, und ihre Brüste sind nie leer!

MEYER

Frau Queck, ich habe mich entschlossen, Ihnen weiter zu helfen. Ich werde Ihre umgehende Sanierung in die Wege leiten. In meinem Gewerbe komme ich mit den verschiedensten Leuten zusammen, ich werde sehen, ob ich einen Käufer für das Holz finde.

FRAU QUECK

Sehr liebenswürdig, Herr Meyer.

EIN AL

Hallo, Washington? Und wir? Soll für uns nichts herausspringen dabei?

MEYER

Frau Queck, wir werden das Holz gehackt verkaufen.

DIE ALS

Jetzt gibt es Arbeit! Krempelt die Ärmel hoch!
Washington Meyer sucht einen Käufer.

MEYER

Was muß ein Käufer für gehacktes Holz zahlen?

MASCHER

140.

MEYER

Was verlangt ihr für das Holzhacken?

EIN AL

Achtzig Pfennig die Stunde.

MEYER

Wieviel Stunden sind nötig?

ANDERER AL

Für fünf Leute zwei Stunden.

MEYER

Das sind 32 Mark für Sie, Frau Queck. Und die Möbel bekommen Sie wieder.

FRAU QUECK

Ich habe 32 Mark, Herr Meyer, das ist mehr als ich erwartet hatte.

MASCHER

Sehn Sie, Frau Queck, man soll nie verzagen, es kommt doch immer wieder etwas.

FRAU QUECK

Gott verläßt die Seinen eben nicht, Herr Mascher.

DIE ALS UND DIE MIETER *singen und tanzen:*

Ein Wunder geschehen! Der Ärmste
Bekommt eine Aussicht.

FRAU JANUSCHEK

Ein Wunder! Wenn zwei Reiche streiten
Lacht der Arme! Als schisse ein Riese von Furcht erfüllt
Mitten auf den Platz und ein Wehgeschrei
Erhöbe sich voreilig unter den Getroffenen, auf denen
Es sitzen bleibt. Siehe, da sahen sie wenn der Morgen
kommt:
Der Mist ist verkäuflich.

DIE ALS UND DIE MIETER

Gott sei Dank, Frau Queck ist geholfen!
Gott sei Dank, sie ist nicht ohne Mittel!
Aussichtslos ist sie nicht, sie hat einen Holzstoß!
Das war uns wirklich ein
Stein auf dem Herzen!

III. Die Rückkehr des Washington Meyer

EIN AL

Was siehst du?

MASCHER

Nichts noch.

ANDERER AL

Wenn wir nur ein Zeichen ausgemacht hätten, daß wir schon, wenn er um die Ecke kommt, gewußt hätten, ob es geglückt ist. Siehst du noch immer nichts?

MASCHER

Viel sehe ich natürlich: den Strom der Leute aus der Untergrund und die Schlange drüben vor dem Arbeitsnachweis, aber keinen Zipfel von Meyer. Seit er gegangen ist, einen Käufer zu holen, hat der Erdboden ihn verschluckt, aber jetzt sehe ich etwas: Meyer!

DIE ALS

Jetzt gibt es Arbeit! Krempelt die Ärmel hoch!
Axt und Holzklotz ergreift und fettet die Sägen ein
Und den Holzstoß zerkleinert zu sauberen Scheitlein und
Dann wird Brot gekauft!

FRAU QUECK

Kommt er allein?

MASCHER

Ja.

FRAU QUECK

Schnell?

MASCHER

Langsam.

FRAU QUECK

Was hat er dabei?

MASCHER

Nichts.

FRAU QUECK

Das wundert mich aber.

Meyer kommt.

EIN AL

Na?

MASCHER

Mensch, rede! – Also nichts.

FRAU QUECK

Lassen Sie mal, Herr Mascher, wir haben den Holzstoß, den muß man uns früher oder später abkaufen.

IV. Die Nacht

EIN KIND

Es ist zu kalt, Mama.

FRAU QUECK

Es gibt gar keinen richtigen Winter mehr. Als ich so alt war wie ihr, da fing ein Winter im Oktober an, dann dauerte er bis zum 15. April, und das war doch noch eine ganz andere Kälte. Das Klosett war ein Eisklumpen. Ich höre meinen Großvater heute noch sagen, es ist zu kalt, der Mann hatte seine neunzig auf dem Buckel.

MEYER

Kommt für die Nacht herein hier in den Zeitungsstand, was verboten ist und mich meine Stellung kosten kann.

CHOR

Washington Meyer, Staatsmann
Weißt du nicht mehr, daß
Leeres Mitleid nicht hilft dem Bemitleideten, aber
Den Mitleidenden schwächt, und daß
In solcher Zeit *ein*
Menschlicher Gedanke genügt
Zu durchbrechen den Boden, auf dem
Aufgestellt sind wir alle.

MEYER

Ruhe, Polizei. Wenn er euch sieht, ist es nichts mit der Unterkunft für die Nacht, und außerdem bin ich verloren und kann von vorne anfangen.

FRAU QUECK

Haben Sie keine Sorge, ich halte geradezu den Atem an. Mich hat noch keiner gehört.

DER POLIZIST

Hallo! Wer ist denn da in der Zeitungsbude?

MEYER

Niemand.

DER POLIZIST

Wer da in der Zeitungsbude ist, frage ich.

FRAU QUECK

Niemand.

DER POLIZIST

So, den Niemand wollen wir dann gleich mal sehn, der da in der Zeitungsbude übernachtet. So, Sie vermieten da Ihre Zeitungsbude, und wenn was passiert, dann ist die Polizei schuld.

EINER AUS DEM CHOR

Aber Frau Queck kann doch nicht auf einer Parkbank erfrieren.

DER POLIZIST

Nein, denn auf einer Bank darf sie bei der Kälte nicht sitzen.

EINER AUS DEM CHOR

Ach so, Erfrieren ist verboten.

DER POLIZIST

Und jetzt aus der Bude, in der Nacht gehört man nach Hause.

FRAU QUECK

Wir haben kein Hause, Herr Polizist, das war unser Hause.

DER POLIZIST

Natürlich, jetzt bin ich der Unmensch. Und wenn ich meine Vorschriften nicht befolge, was ist da mit mir. Und ich habe drei Kinder.

FRAU QUECK

Sie hätten sich mal nicht so viel Kinder anschaffen sollen, da sind Sie doch überhaupt nicht mehr Ihr freier Mann.

DER POLIZIST *im Abgehen:*

Die Bude ist konfisziert.

FRAU QUECK

Lassen Sie mal, Herr Meyer, wir haben den Holzstoß, den muß man uns früher oder später abkaufen.

V. Ein Laib Brot

FRAU QUECK

Es ist jetzt fast ein Uhr. Ich sehe, daß alle Leute zum Essen gegangen sind, und da hätte ich jetzt auch Appetit. Ich hab ja das Holz liegen.

EIN AL

Aber zu essen hätten Sie im Augenblick fast nichts.

FRAU QUECK

Das ist wahr, zu essen hätte ich allerdings nichts.

DIE ALS *singen:*

Ja, was ist das mit Ihnen, Frau Queck
Sie haben das Holz und doch nichts zu fressen.
Ja, gibts denn das auch?
Wovon lebt denn der Holzhändler, wenn nicht vom Holzstoß
Ach, er verdient am Holz nicht, was er verfrißt
Sondern am Holzknecht. Welche Entdeckung, Frau Queck!
Die Welt ist ja nicht, wie sie aussieht!
Nicht nur Brot, auch die Spucke bleibt weg.
Ja, was ist das mit Ihnen, Frau Queck!
Ja, da ist ja der Holzstoß ein Dreck!
Ja, was ist das mit Ihnen, Frau Queck!

FRAU JANUSCHEK

Ajax, komm herauf, die Suppe steht auf dem Tisch!

AJAX

Ja, Mama!

EIN AL

Ajax, ran an den Freßkübel.

MASCHER

Frau Queck, das ist ein Mann, der, wenn der wollte ...

FRAU QUECK

Aber, Herr Mascher!

MASCHER

. . . da hätten Sie gleich Ihren Brotlaib weg.

FRAU QUECK

Meinen Sie wirklich, Herr Mascher?

MASCHER

Herr Januschek, eine hübsche Frau möchte etwas zu essen von Ihnen.

AJAX

Wer ist es?

MASCHER

Ich weiß nicht, ob es der jungen Frau recht ist, wenn ich ihren Namen vor der Zeit nenne.

AJAX

Kann ich sie mit meinen Augen erblicken?

MASCHER

Um was würde es sich handeln?

AJAX

Es könnte sich höchstens um einen Brotlaib handeln.

MASCHER

Würden Sie ihn herausbringen können?

AJAX

Ich kann doch nicht in aller Öffentlichkeit einen von Herrn Meiningers Brotlaiben herschenken.

MASCHER

Sie schenken ihn ja nicht weg.

AJAX

Ja, dann muß aber doch das Betreffende sich den Brotlaib holen.

MASCHER

Wo?

AJAX

Ich würde ihn in diesem Falle in der Backstube aushändigen.

MASCHER

Einen Augenblick, Herr Januschek. *Zur Queck:*

Frau Queck, die Gegenseite bietet einen Brotlaib. Nehmen Sie das Angebot an?

FRAU QUECK

Natürlich.

MASCHER

Dann bekommen Sie ihn in der Backstube ausgehändigt.

FRAU QUECK

Vielen Dank, Herr Mascher.

MASCHER *zu Ajax:*

Die Gegenseite nimmt das Angebot an.

AJAX

Ich habe es mir anders überlegt, Herr Mascher. Ich kann dafür keinen Brotlaib hergeben.

MASCHER

Ja, was geben Sie dann?

AJAX

Herr Mascher, ich gebe einer Frau so viel Vergnügen als sie will bei so was, aber keinen Brotlaib.

MASCHER

Herr Januschek, die junge Frau ist nicht in der Stimmung für Vergnügungen.

AJAX

Das überlassen Sie mir, Herr Mascher.

MASCHER

Wenn die junge Frau aber kein Vergnügen hat?

AJAX *lächelt.*

MASCHER

Und wenn sie aber doch kein Vergnügen hat?

AJAX

Dann kriegt sie einen Brotlaib.

MASCHER

Herr Januschek, ich will sehen, ob die junge Frau auf so etwas eingehen kann. *Zur Queck:* Die Gegenseite ist nicht bereit, Ihnen für Ihr Vergnügen auch noch einen Brotlaib in den Rachen zu werfen. Werden Sie sich schlüssig.

FRAU QUECK

Ich bin nicht in der Stimmung für Vergnügungen, Herr Mascher.

MASCHER

Dann kriegen Sie den Brotlaib.

FRAU QUECK

Ein Brotlaib ist es, was ich haben möchte, bei mir handelt es sich nur um einen Brotlaib.

MASCHER

Dann kann Ihnen ja weiter nichts passieren, Frau Queck. *Zu Ajax:* Abgemacht, Herr Januschek. Herr Januschek, begeben Sie sich in die Backstube.

DIE ALS

Geh hinein, Niobe Queck, in die Backstube
Und wieder bedenke wie schon vor alter Zeit
Standzuhalten der Allmacht der Liebe jetzt
Und widerstehe dem Urtrieb.

FRAU QUECK

Bei mir handelt es sich nur um einen Brotlaib.

CHOR

Sehet wie unauffällig
Sich das liebende Paar trifft
Schon erwartet die Kammer hinter dem Backtrog
Mit Ungeduld die
Freundliche Besucherin, aber
Langsam ist der Schritt und wie gesagt unauffällig
So gehört es sich.
Jetzt zeigt auch ihr Takt und Zurückhaltung
Sprechet vom Wetter, denn wirklich wer
Weiß was geschieht jetzt, wer
Kann es wissen. Vielleicht liest er ihr eben die Zeitung vor.
Sicher ordnet sie nur seine Wäsche.

FRAU JANUSCHEK *aus dem Fenster:*

Ajax, die Suppe wird kalt!

AJAX *in der Backstube:*

Einen Augenblick, Mama.

MASCHER

Faßt ihn scharf ins Auge, wenn er herauskommt.

DIE ALS

Wird sein Gesicht wohl
Wenn er herauskommt jetzt
Verraten Triumph oder Versagen?
Ajax schaut gleichgültig nach dem Wetter.

DIE ALS

Eisenstirniger!
Nichts verrät dein Gesicht
So gehört es sich.
Hoch Ajax!
Jetzt komm heraus, Niobe Queck
Zeig, was du ausgerichtet hast
Triumph oder Versagen!
Die Queck zeigt einen Brotlaib.

MASCHER

Frau Queck, Sie haben gehalten, was Sie versprochen haben.

FRAU QUECK

Bei mir hat es sich immer nur um den Brotlaib
gehandelt. Heinrich!
Die Kinder kommen.
Hier, Heinrich, dein Brot!
Und hier, Ludwig, das deine.
Eßt es nur mit Verstand. Denn
Eine innere Stimme sagt mir:
Es ist das letzte Brot
Das ich euch abschneid.

VI. a Der himmlische Brotladen

MASCHER

Frau Queck, jetzt haben wir fünf Tage auf Arbeit gewartet, aber jetzt machen sich Hunger und Kälte zu stark bemerkbar. Frau Queck, wir müssen Sie jetzt mit Ihrem traurigen Schicksal allein lassen.

FRAU QUECK

Es ist mir sehr unangenehm, daß ich Sie so lange aufgehalten habe, stellen Sie sich vor, fünf Tage.

Ein Trupp des Sozialen Hilfswerks kommt.

MEYER

Soziales Hilfswerk. Frau Queck, jetzt kommen Sie von der Straße weg.

DER ARZT

Na, wo fehlts denn?

FRAU QUECK

Die Hände tun weh, und die Füße schwellen an.

DER ARZT

Frau Queck, Sie nehmen jeden Morgen ein Ei und etwas Hühnersuppe, dann werden wir Sie bald hochhaben. Ihre Kinder brauchen 'ne gesunde Mutter, Frau Queck.

FRAU QUECK

Sehr guter Arzt.

DIE ARMENPFLEGERIN

Ah, das sind also die Kinderchen. Die sind doch hoffentlich alle unter vier Jahre.

MEYER

Frau Queck, Sie haben mir doch gesagt, daß alle diese hier unter vier sind.

FRAU QUECK

Heinrich ist gerade vier. Anna wäre dann dreieinviertel. Leopold zweieinhalb. Und Frederick ein Jahr.

MEYER *zum fünften Kind:*

Ja, was machen wir denn mit Dir? So, du bist ein Zwilling, die Sache ist in Ordnung.

DIE ARMENPFLEGERIN

So, Frau Queck, sagen Sie Ihren Kindern jetzt Lebwohl.

FRAU QUECK

Muß ich mich jetzt von meinen Kindern verabschieden?

DIE ARMENPFLEGERIN

Ja, Kinderchen, sagt eurer lieben Mutter jetzt Lebwohl.

CHOR

Jetzt, Niobe Queck, verabschiede dich von deinen Kindern, die du mit Mühe aufgezogen hast, wachend manche Nacht.

FRAU QUECK

Tag, Kinder.

DIE KINDER

Tag, Mama.

FRAU QUECK

Die Sorge wäre ich los. Jetzt ist nur noch der Holzstoß.

MEYER

Damit die von der Straße wegkäme, ja, da müßte in diesem Land was geschehn. Da müßte man ja marschieren von einem Ende der Welt bis zum andern. Von der Stadt, wie sie da steht, könnte ja kein Stein übrigbleiben.

CHOR

Sehet, Washington Meyer, den Staatsmann
Jung noch an Jahren konnte er nicht
Liegen sehen in schmutziger Straße
Die Unglücklichen.

MEYER *ruft die Als:*

Wir haben viel zu lange gewartet. Da müssen wir jetzt zu schärferen Maßnahmen übergehen. Ich denke, dann können wir Ihnen auch mit einem kleinen Stollen aufwarten, Frau Queck.

FRAU QUECK

Aber, Herr Meyer, Sie wollen doch nicht etwa was Schlechtes gegen Herrn Meininger tun. Das wäre nicht recht, wo ich doch zwanzig Jahre bei ihm gewohnt habe.

MASCHER

Du siehst ja, Meyer, sie macht nicht mit.

MEYER

Alle machen mit, oder wir verhungern, alle.

HIPPLER *kommt:*

Ach, ihr wollt etwas Unrechtes begehn.

CHOR

Disputation.

MASCHER

Ist der Mensch schlecht, wenn er essen will?

HIPPLER

Nein.

EIN AL

Wenn er nun aber kein Essen hingestellt bekommt?

HIPPLER

Gott nährt die Vögel unter dem Himmel, da wird er euch auch ernähren.

ZWEITER AL

Ja, aber nicht wahr, wenn nur einer die Hände in den Schoß legt und wartet, bis Gott ihm eins hinten hineinschiebt, und er sich auf die faule Haut legt, das wär wohl auch nicht das Richtige.

HIPPLER

Nein, das wäre auch nicht das Richtige.

MASCHER

Sehr richtig. Er muß sich rühren, damit Gott ihm hilft. Da muß er sich doch auch rühren dürfen um sein Essen, und da muß er doch, wenn sie's ihm absolut nicht geben wollen, auch zu Maßnahmen greifen dürfen, daß er's herauskriegt aus ihnen, so oder so.

HIPPLER

Halt, er darf nichts Unrechtes dabei tun.

EIN AL

Ja, aber wenn er nur durch Gewalt was zu essen kriegt? Wir haben doch ein Recht auf Essen.

HIPPLER

Einer, der nicht arbeitet, der hat kein Recht.

MASCHER

Ja, wenn wir nur ein Recht haben, wenn wir arbeiten, dann müssen wir aber ein Recht auf Arbeit haben, denn sonst haben wir ja kein Recht auf ein Recht.

HIPPLER

Ein Recht hat überhaupt keiner. Was einer kriegt, das ist eine Gnade und nicht sein Recht.

EIN AL

Ja, dann müssen wir Recht auf Gnade haben, sonst brauchen wir ja eine Gnade, um eine Gnade zu kriegen.

HIPPLER

Daß Sie äußerlich keinen Stehkragen tragen, das schadet nicht, aber daß Sie innerlich einen Gummikragen tragen, das ist ungeheuer.

MEYER

Schluß jetzt.

HIPPLER

Hier kann nicht jeder machen, was er will.

MEYER

Wieso kann bei uns nicht jeder machen, was er will. Der Herr Meininger kann doch Frau Queck herausschmeißen, da macht er doch, was er will.

HIPPLER

Kehren Sie vor Ihrer eigenen Tür, ja, Herr Meininger kann durchaus nicht machen, was er will, weil es da in ihm nämlich noch etwas gibt, das ihm sagt, was er zu machen hat, und das ist eben das Gewissen. Und wenn es das nicht gäbe in Herrn Meininger, dann könnte ihn auch alle Polizei der Welt nicht hindern, zu tun was er will. Die Reichen haben den Staat, und sie haben das Geld und sind auch klüger als ihr und sie saufen auch nicht. Sie haben studiert und sich alles überlegt und vegetieren nicht einfach hin, wie die Tiere. Was wollt ihr da schon gegen sie machen, so wie ihr seid: arm, niedrig, dumm und voll von Trieben, von denen ich gar nicht reden will. Aber dennoch ist da etwas, was mit ihnen spricht und was noch über ihnen steht, und das spricht zu ihnen in ihrem Kämmerlein.

MEYER

Haben ja gar kein Kämmerlein, Paläste.

HIPPLER

Ja, in ihren Palästen aus Marmor und Gold spricht etwas zu ihnen und sagt: wer bist denn du? Und was ist das, was da so spricht? Das ist das Gewissen. Und da kommt es, daß so ein Reicher und Mächtiger plötzlich ganz klein wird und erkennt: er ist nur ein Mensch, grad so wie ihr, und er kann nicht machen, was er will, so wie ihr auch nicht machen könnt, was ihr wollt. Nur, daß man bei euch die Polizei braucht, daß ihr das erkennt.

Die Armen müssen für die Religion sein, weil nur die Religion die Reichen abhält, aus den Armen Hackepeter zu machen.

MEININGER *kommt:*

Das ist sehr richtig, was Fräulein Hippler euch da gesagt hat, da kann man jedes Wort unterschreiben.

HIPPLER

Ach, guten Morgen, Herr Meininger.

MEININGER

Guten Morgen, Leutnant Hippler.

HIPPLER

Übrigens, Herr Meininger, können Sie die Frau Queck nicht wieder aufnehmen, ihr wäre sehr geholfen damit.

MEININGER

Fräulein Hippler, das geht nicht. Ich habe da nämlich eine andere Familie aufgenommen, die kann ich doch nicht auf die Straße setzen.

HIPPLER

Nein, Herr Meininger, das geht so nicht, aber fragen Sie nur Ihr Gewissen. Die Wohnung gehört der Frau Queck.

MEININGER

Nein, nein, nein, die Wohnung gehört mir. Ich kann nicht machen, was ich will. Ich muß meine Hypothekenzinsen bezahlen, ob ich will oder nicht.

HIPPLER

Herr Meininger, die Leute sind alle so ärgerlich, weil der Frau Queck nicht geholfen wird. Sie werden sie doch wieder aufnehmen. Sie sind doch einverstanden?

MEININGER

Was wollen Sie? Sie sind ärgerlich? Womit soll ich einverstanden sein? Ich will Ihnen einmal was sagen, Fräulein Hippler, Hände von meinem Eigentum, verstanden. Seit wann ist denn das Mode bei der Heilsarmee? Das ist ja Bolschewismus, ist das.

HIPPLER

Herr Meininger, so können Sie nicht sprechen als Christ.

MEININGER

Außerdem ist jetzt Mittag und Essenszeit, ich kann mich infolgedessen nicht mehr mit Ihnen herumstreiten, wem mein Eigentum gehört.

HIPPLER

Dem Herrn Jesus, Herr Meininger!

MEININGER *im Abgehen:*

Sie sind nicht der Herr Jesus, Fräulein!

HIPPLER *ihm nach:*

Wo bleibt das Gewissen, Herr Meininger!

MASCHER

Jetzt frage ich: was macht die im Brotladen?

MEYER

Guten Morgen, Herr Meininger, sagt sie, Sie haben da ja Holz liegen. Herr Meininger, was kostet es? – Fräulein Hippler, das Holz kostet mich selber 120 Mark. – Herr

Meininger, brauchen Sie Bargeld? Sie brauchen doch Bargeld? Für Flamm, den Geschäftsfreund, Holz brauchen Sie doch nicht, und hier, hier ist Bargeld. 50 Mark. Wir aber brauchen das Holz, und wir lassen es hacken für 20 Pfennig die Stunde von unseren Armen, den würdigen. – Das Geschäft ist gemacht, Fräulein Hippler. – So geht es, Herr Meininger.

MASCHER

Das kann ich nicht glauben. Das wäre nicht rechtlich.

HIPPLER *noch in der Tür:*

So geht es, Herr Meininger. Kommen Sie mit, Frau Queck, in der Heilsarmee ist eine Bleibe für Sie.

FRAU QUECK

Und das Holz?

HIPPLER

Frau Queck, wir haben Ihre Holzangelegenheit jetzt so angeordnet, daß wir das Holz selber übernehmen, es ist besser für Sie. Was sollen Sie sich auch noch mit solchen Sachen abgeben?

FRAU QUECK

Das habe ich gleich gesagt, wozu?

DIE ALS

Willkommen, Freunde! Befreier ihr!
Seht Bereitwillige in uns
Mit gezückten Händen stehen wir
Bereit zur Arbeit!
Doppelt soll das Tempo sein
Dreifach die Wucht unseres Zugriffs!

HIPPLER

Wir beginnen mit der Andacht.

DIE ALS

Bitte, Fräulein Hippler, aber wo sind die Äxte? Wo ist der Holzklotz! Auch die Sägen sehen wir nicht!

HIPPLER

Wir singen jetzt Nr. 27.

HEILSARMEETRUPP *singt:*

Hebt eure Augen zu Gott!
Schaut nach nichts anderem aus!
Irdisches ist nur ein Spott
Darum lenkt eure Augen auf Gott
Und nicht auf euer irdisches Haus!
Horcht nur auf Gott und sein Wort
Nicht auf die Stimme der Welt!
Satanas, hebe dich fort . . .

FRAU JANUSCHEK

Aber was machen die denn da?

EIN AL

Warum schleppen die denn das Holz fort?

MEYER

Sie lassen es von ihren Armen billig hacken.

HEILSARMEETRUPP *singt:*

. . . Wir hören nur Gott und sein Wort
Und tuen nur, was ihm gefällt.

DIE ALS

Wehe, sie schleppen das Holz fort!
Nur durch Arbeit winkte uns Brot
Und sie schleppen die Arbeit fort
Die Soldaten des Himmels!

HIPPLER

Einen Augenblick wenigstens hört jetzt doch drei Minuten nur die Stimme des Himmels!

DIE ALS

Hallelujaschlampe, jetzt schleppst du das Holz weg!
Laßt das Holz da! Ihr Bluthunde!

HIPPLER *zum Trupp:*

Haltet stand den Anfeindungen, wenn auch Schmutz auf euch geworfen wird, und macht schnell!

DIE ALS

Ihr Gitarrenhengste! Singen und Treten! Nehmt eure Gesangbücher weg und laßt das Holz da!

MEININGER *stürzt heraus:*

Wer Fräulein Hippler bei ihrem Gesang stört, hat es mit mir zu tun! Harmlose Fräuleins beschimpfen!
Hungerleider, die ihr nichts seid und nichts habt
Und nichts könnt und nur immer fressen wollt!
Wie könnt ihr euch trauen am hellichten Tag
Aus den schimmeligen Löchern zu kriechen, dreckig
Wie Wanzen und zahlreich wie Wanzen. Ihr Blutsauger!
Arbeitsscheues Gesindel! Herumtreiber!
Stänkerer!

DIE ALS

Du bist kein Stänkerer, aber du
Bist ein Gestank. Vollgefressenes Arschloch!
Wenn von der Bank ein Brieflein kommt
Scheißt er die Hosen voll!
Aber die Witwe tritt er
Mit ungewaschenen Füßen!
Dreckiger Kleinbürger!
Gips tut er ins Brot und dann setzt er den Preis herauf!

MEYER

Jetzt aber schaut, wie er Schiß hat
Weil die markige Faust der Masse droht!
Haut ihm die Scheiben ein!

MEININGER

Was, ihr wollt hier Ausschreitungen begehen!
Hallo, ihr Mieter! Bölke, Frau Franzke und Dittmeyers
Und auch ihr Aftermieter und Schlafburschen, her!

DIE MIETER

Was ist, Herr Meininger?

MEININGER

Ausschreitungen!
Sie stürmen den Brotladen!

MEYER

Wenn man euch nicht Arbeit gibt dann holt euch mit Gewalt das Brot aus dem Laden direkt.

FRAU QUECK

Herr Meyer, wie können Sie nur so gottlos sein. Sie sollten wissen, daß die Religion im Innern des Menschen ist und daß nur die Religion uns helfen kann. Ich würde mir nicht erlauben, nicht immer und ewig in jedem Punkte auf der Stelle restlos und vollständig dem lieben Gott und seinen Geboten zu gehorchen. Wenn Sie etwas Unrechtes wollen, habe ich nichts mehr mit Ihnen zu schaffen, meine Herren.

HIPPLER

Sehr richtig, denn es gibt nicht nur diese Welt, sondern auch eine andere, und auf die muß sich dein Augenmerk richten. Es gibt nicht nur einen irdischen, sondern auch einen himmlischen Brotladen und das ist Ihr Brotladen, Frau Queck. Was fehlt Ihnen, Schwester?

FRAU QUECK

Ach Schwester, mich befällt die Schwäche
Die eigentlich die Stärke ist, und
Mein irdischer Leib, an dem zu sehr gespart wurd
Zergeht, dieweil sich eigentlich
Die Seele dieses Leibs erhebt.
Und dieser Hunger, der mir nie gesättigt, ist eigentlich
Wo schon durchsichtig wird, was undurchsichtig war
Mein kleinster Schmerz. Und jetzt erblick ich auch
Den Brotladen, der mir eröffnet ist
Verklärt vom Lichte kann ich ihn jetzt sehn.
Lang war verhüllt er, doch jetzt fällt die Hülle.
Kurz war der Mangel, ewig ist die Fülle.

HEILSARMEEMÄDCHEN

Ui, die ist ja tot!

HIPPLER

So, kommt nur alle her und schaut, wie diese einfache Frau schön geworden ist. Bei der Frau ist es ganz deutlich, daß das Seelische nur geweckt zu werden brauchte. Jetzt hat sie Erfahrung erworben, sie hat ihren Glauben wiedergefunden.

MEYER

Rüber zum Neubau, Steine her!

MASCHER

Nehmt euch auch Latten!

MEININGER

Latten! Ich gebs euch!
Wart, ich zermalm euch!
Wer mir jetzt nicht sofort hilft das Schaufenster schützen und herschleppt was jeder bei der Hand hat dem kündige ich. Und auch von Ihnen, Hippler erwarte ich, daß Sie mir beistehn!

HEILSARMEETRUPP *singt:*

Ziehet hinein in die Schlacht
Wo das Gewühl am stärksten ist!
Singet nur, singet mit Macht!
Noch ist es Nacht
Aber der Morgen kommt schon mit Macht
Bald auch zu euch kommt der Herr Jesus Christ.

DIE MIETER

Es langt nicht!

MEININGER

Dann nehmt die Brotlaibe! Und Bienenstiche!
Holt die Semmeln, die alten, die hart sind
Und zielt ins Auge!
Die Mieter hinter der Barrikade. Die Als mit Meyer an der Spitze kommen mit Latten und Steinen.

MEYER

Ha! Er verkriecht sich!
Eher dient ihm die Semmel als Wurfgeschoß
Und der Brotlaib als Schutz für die Fensterscheibe
Als zu speisen die Hungrigen! Komm heraus, du Abschaum
Der Menschheit! Du Kapitalist!

MEININGER

Ihr feigen Löcher! Zu zwanzig!
Herr Bölke, Sie wissen, was Sie mir schuldig sind!

HERR BÖLKE

Vierzehn Mark fünfzig.

MEININGER

Gehen Sie hinaus und züchtigen Sie alle, die mich beleidigen.

MASCHER

Das ist der Bölke, die Sau! Vorhin noch unter uns
Für ein schimmliges Zimmer stellt sie sich gegen uns!

Die Als mit Meyer an der Spitze stürmen gegen die Barrikade an.

VI. b Die Brotschlacht

DIE ALS

Und sie erfassen, von Hunger geschwächt, die Latten
Schwingen aus matten Gelenken den Pflasterstein
Aber der Zorn ist gerecht und ersetzt teureres Kampfgerät.
Ständig in Schwäche gehalten von Niederlag zu Niederlag
Kämpfend ums knappste Dasein, werden sie
Dennoch erreichen
Völligen Untergang des ungeheuren
Feinds. Sie wissen es.

MEYER

Erlahmt nicht!

MEININGER

Da besteigt der gewaltige Meininger selber
Wutfunkelnden Augs den Brotwall.
Brüllend: Rettet
Rettet den Staat, Bölke und Dittmeyer!

DIE MIETER

Und es ergreifen die Mieter
Wild die gebackenen Brote, zu schützen ihr
Eigentum.
Beulen hauend mit Eßbarem, auch mit der hurtigen
Abgehärteten Semmel.
Suchend das Auge des Gegners statt seines Munds, so daß
Dieser sich wehren muß seiner Speise.

MEININGER

Voran denn!

DIE ALS

Heraus mit dem Fressen, schrien die Arbeits-
Losen, mit Zittern verwandelnd die Schwäche in
Mut.

DIE MIETER

Und verteidigt das Eigentum, schrieen die
Eigentümer und verdoppelten
Ihrer Geschosse –

DIE ALS

Nicht von ihnen gebackenen!

DIE MIETER

– Hagel, so daß die
Semmeln den Himmel verdunkeln.

DIE ALS

Aber die Hungrigen fochten im Schatten der Semmeln.

DIE MIETER

Manches Aug, zu gierig geworfen
Auf unser Eigentum, unsere Semmeln
Unter unseren Würfen verließ es
Arglistig die heimische Höhlung, fließend
Wie Öl hinab in den Mund, der andere
Speise verlangte.
Selbst Frau Januschek, sehet die Greisin
Auch sie ist entbrannt. Mit gewaltigem
Schwunge gießt sie die Kanne heiß
Auf die Köpfe der stürmenden
Hungrigen Masse
Ihr letztes Salatöl.

FRAU JANUSCHEK

Durchhalten, Herr Meininger, ich seh Polizei!

DIE MIETER

Das ist Frau Franzkes Werk!
Heimlich entschlüpfte sie
Dem gefährdeten Hause, mit Eile zu holen
Die Wächter der Ordnung.

DIE ALS

Wehe!

ALLE

Ihr dummen Hunde, meint ihr, wenn

Ihr einen Brotladen stürmt
Dem und dem Schwein von Bäcker
Die Fresse einhaut, wird es besser? Das
Ist ganz aussichtslos; aber
Nicht ohne Aussicht ist unser Kampf
Der immerwährende, um die Herrschaft selber
Im Staat und die Diktatur selber.

DER POLIZIST

Herr Meininger, Sie haben mich gerufen. Herr Meininger, ich bin zur Stelle. Herr Meininger, was wünschen Sie?

MEININGER

Ich wünsche Ordnung.

MEYER

Das ist das Holz der Witwe Queck, das hier weggeschafft werden soll von der Heilsarmee, widerrechtlich.

DER POLIZIST

Und was ist die Wahrheit, Herr Meininger?

MEININGER

Das Holz gehört der Heilsarmee, rechtsgemäß.

MEYER *zu den Als:*

Bezeugt doch, daß das Holz der Witwe Queck gehört.

FRAU JANUSCHEK

Sicher gehört es Frau Queck, aber
Was besagt das? Glaubt doch nicht
Daß eine Rechnung stimmt, aus der hervorgeht
Daß euch was gehören soll. Mag euch
In eurer Rechnung stimmen jegliche Zahl, niemals
Wird ausbezahlt, was errechnet ist, dem
Der nichts hat.
Also verschwindet das Holz jetzt, das euch auf seinem
Wege vom rauschenden Fichtenwalde zum eisernen Ofen
Wandelnd von Baum sich zur Wärme
Eine Zeitlang Schild war und Aussicht, aber
Niemals euer Eigentum.

DER POLIZIST

Sehr richtig, Frau Januschek, Sie sind eine verständige Frau. Fräulein Hippler, nehmen Sie das Holz weg.

MEYER

Dann sage ich: solange ich lebe, wird
Der Witwe das Holz nicht weggeschafft.

DIE MIETER UND DIE ALS

Solange er lebt, sagt er, wird
Das Holz der Witwe nicht weggeschafft.

MEYER

Du langer hirnloser Eisenklotz
Komm her und nimm im Dienste des Kapitals
Der Witwe das Holz weg!

DER POLIZIST

Ruhe!

Washington Meyer haut dem Polizisten mit einer Latte mehrmals auf den Kopf.

DER POLIZIST

Mir auf den Kopf hauen, das ist
Verboten!

CHOR

Geh vor, Gewarnter, verlaß die Masse, die dich verbirgt!
Du bist gesehen worden, jetzt
Vollzieht sich deine Ausmerzung!
Unübersehbar weit sitzen die, gegen die du anrennst.
Aber zur Stelle ist die eiserne Ferse, dich zu zerschmettern.
Freilich, du weißt wohl, unbelehrbar:
Die Sache mit dem Holz, das ihr weggenommen wird
Ist nicht beendet mit der Wegnahme.
Du widerstehst, und du fällst an der Straßenecke
Gegen sieben Uhr abends und bist verscharrt nach drei Tagen
Wenn das Holz längst verbrannt ist, aber
Deine Sache ist nicht beendet.
Washington Meyer, Staatsmann
Der du nicht sehen konntest das Elend liegen auf der Straße

Unordnung und Gewalt –
Falle!
Washington Meyer haut dem Polizisten noch zweimal auf den Kopf. Der Polizist hebt kopfschüttelnd eine Semmel auf und erschlägt Meyer mit ihr.

CHOR

So fiel Washington Meyer heute abend sieben Uhr
An der Straßenecke im Kampfe für
Die Interessen einer Frau, selber im Untergang
Selbst ohne Familie, Anhang und Obdach.
Hinabsinkend von der untersten Stufe
Aus Gerechtigkeit
Nach unten.

Arbeitsbericht

I.

In den Jahren 1929/30 arbeitete Brecht mit einigen Mitarbeitern an einem Stück, das die große Arbeitslosigkeit im Deutschland der Weltwirtschaftskrise zum Gegenstand hatte. DER BROTLADEN sollte über die sozialen Kämpfe dieser Zeit, die Kämpfe zwischen Ausbeutern und Ausgebeuteten, die Kämpfe um Brot, Obdach und Arbeit berichten, und durch die Betonung der Schicksalsergebenheit der Betroffenen die Zuschauer zum Erkennen und Verändern der gesellschaftlichen Situation provozieren. Das Stück ist Fragment geblieben. Das sehr umfangreich hinterlassene Material (es enthält mehrere abgeschlossene Szenen verschiedener Fassung, Bruchstücke von Dialogen, Szenen-Notizen, Verse, Chöre und Lieder, Situations-Skizzen, Figurenentwürfe und Bruchstücke von Fabel-Linien) ermutigte das *Berliner Ensemble* zum erstenmal, ein fragmentarisches Stück Brechts für die Bühne handhabbar zu machen.
Die Haltung, die dem Fragment gegenüber eingenommen wurde, war die, in ihm ein historisches Produkt und nicht eine zufällig unfertige Arbeit zu sehen. Diese Betrachtungsweise schließt den Schein aus, daß es sich bei dem Fragment um ein unfertiges Stück handelt, das bei genügender Ausdauer zu einer Abgeschlossenheit hätte geführt werden können, und vertuscht die wichtige Tatsache nicht, daß die Größe des Themas, die Komplexität der Probleme, die Fülle der Beobachtungen und Nachrichten dem Autor und seinen Mitarbeitern keine Abgeschlossenheit erlaubte. Die Haltung des Produzenten, die Arbeit an einem bestimmten Punkt abzubrechen und auf eine scheinbare Vollendung zu verzichten, respektierend, sehen wir die Möglichkeit, die Arbeit heute als

fragmentarische im oben beschriebenen Sinne auszustellen, wenn sie Aufschlüsse über die Gesellschaft vermittelt.
Die Aufbereitung des Materials für theatralische Zwecke verlangte die Zusammenstellung einer Geschichte, die in ihrem Verlauf lückenhaft und bruchstückartig sein kann, auf Motivierungen verzichtet und sich in Sprüngen vorwärts bewegt. Viele Varianten boten sich an. Die Spanne erkennt man am besten an folgendem Beispiel: Archiv-Blatt 1353/19 besagt über das Ende der Queck-Figur: »Witwe Queck gewinnt das große Los und stellt die Arbeitslosen zum Holzhacken an.« Archiv-Blatt 1353/80: »Witwe Niobe Queck stirbt verklärt in den Armen der Heilsarmee.«
Der Verlauf der Geschichte in unserer Fassung ist folglich eine Möglichkeit, die das Material liefert – ein Vorschlag.

II.

Da sich die Geschichte vom Aufstieg und Fall des Zeitungsjungen Washington Meyer und vom Untergang der Witwe Niobe Queck im wesentlichen nicht auf die Widersprüchlichkeit von Verhaltensweisen, sondern auf deren Konstatierung aufbaut, mußte diese Widersprüchlichkeit (Fabel) durch die Art und Weise der theatralischen Realisierung hinzugegeben werden. Den Ansatzpunkt dafür lieferte eine Notiz Brechts: »Spieler: Chor der Arbeitslosen. Die Arbeitslosen verweisen auf ihre schlechte Lage und geben zu, daß sie die Gesetze, die über ihnen stehen, nicht kennen.« Die Geschichte vom Brotladen liefert also den Arbeitslosen ein Modell, an dem sie bestimmte Untersuchungen vornehmen; die Ergebnisse gehen über das Modell hinaus. Die Fabel ergibt sich so aus dem Widerspruch zwischen vorgeführten Verhaltensweisen und dem Verhalten der Agierenden gegenüber der Vorführung.
Alles Übertriebene, Unwahrscheinliche, einseitig Gesehene, Plakative, Groteske bekommt so einen realistischen Gestus:

Jede Haltung, die vorgeführt wird, ist aus einer bestimmten Sicht gesehen und wird aus dieser Sicht vorgeführt.

III.

Die Spielweise der Uraufführung hatte stark demonstrierenden Charakter. Der Bühnenbildner Karl von Appen hatte einen Bau entworfen, der sowohl das Podest (Demonstration) als auch die realistische Örtlichkeit (Spiel im Spiel) beinhaltete. Die Bühne war in den vorderen Teil des Zuschauerraums verlegt; nach hinten von einer Brandmauer abgeschlossen, zeigte der podestartige Aufbau einen kopfsteingepflasterten Hinterhof. Vor Beginn der Vorstellung spielten dort Kinder ›Himmel und Hölle‹. Die Spieler (Arbeitslose) verwandelten dann die Straßenecke in eine provisorische Bühne, der Brotladen wurde mit Kreide an die Wand gemalt, die Spieler gruppierten sich auf mitgebrachten Sitzgelegenheiten (Obstkisten u. ä.) um die Spielfläche herum.
Alle Auftritte, Abgänge, Umzüge waren sichtbar. Einige Spieler stellten verschiedene Figuren dar. Die jeweils Zuschauenden bildeten den kommentierenden Chor. Die Kostüme und Requisiten entsprachen der Möglichkeit und der Phantasie der Armut. Viele Gegenstände wurden erst durch die Art ihrer Behandlung zu dem, was sie darstellen sollten Eine alte Melone und ein Pappröllchen als Zigarre dienten dem Spieler des Bäckermeister Meininger als Attribute seiner Figur; zerschlissene Küchenhandtücher, verziert mit Weihnachtsbaumschmuck, wurden zu Heilsarmee-Fahnen; eine Obstkiste mit einer Borte behängt – die Möbel der Witwe Queck; ein mit Zeitungen beklebter Kinderwagen – der fahrbare Zeitungsstand des Washington Meyer; Papierschnitzel-Schnee, Dachpappen-Wolken, zusammen – eine Winternacht.
Die Details des Spieles waren aber sparsam bemessen und mit jener Brüchigkeit vorgetragen, die durchblicken ließ, daß die

Arbeitslosen nicht aus einem unbändigen Spieltrieb (wie Schauspieler) agieren, sondern nur das Wichtigste, oder besser, das, was sie für wichtig halten, zeigen. Das Spiel hatte etwas von der Haltung, die Brecht in einem Artikel über proletarische Schauspieler beschrieb: »Die Schauspieler sind tagsüber berufstätig. Diejenigen, die arbeitslos sind, sind tagsüber kaum weniger tätig, als die anderen, da die Suche nach Arbeit auch Arbeit ist. Das Spiel dieser Schauspieler verrät etwas von Mangel an überschüssiger Kraft.«

Manfred Karge/Matthias Langhoff

Zwölf Szenenfotos

1

2

3

Der Brotla de

6

Der Brotladen

8

9

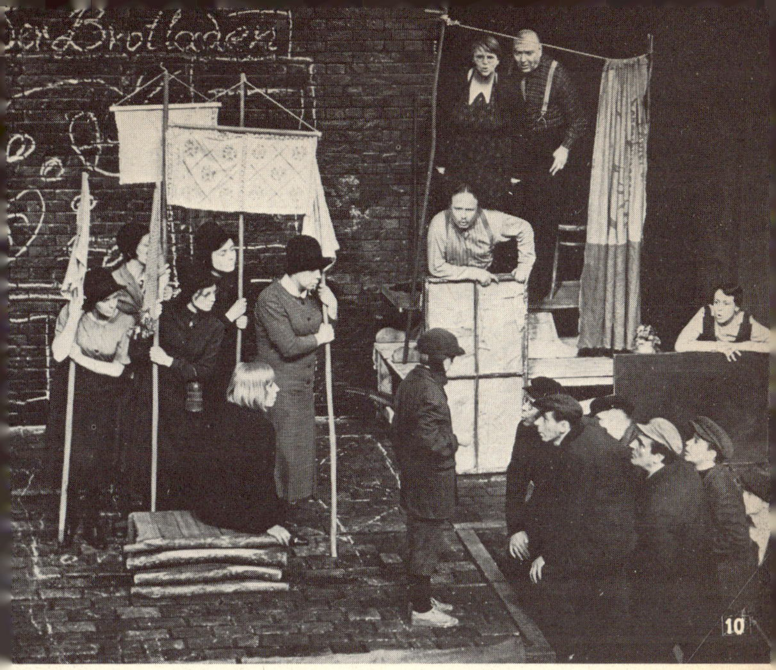

10

11

12

Bildfolge

1
Witwe Niobe Queck und ihre Kinder

2
Die Giganten: Holzhändler Reuter und Bäckermeister Meininger

3
Die Heilsarmee

4
Die Als

5
Washington Meyer

6
Die Mieter

7
Der Polizist

8
Der Kampf um den Groschen

9
Die Als:

Wähle aus unter uns, Mächtiger
Wir alle wollen
Deine Zeitungen austragen!

10
Die Als und die Mieter:
Halt! Gib den Groschen nicht
Aus der Tasche! Aufsteigender!

11
Witwe Queck:

Ich bin nicht in der Stimmung für Vergnügungen, Herr Ma-scher.

12

Leutnant Hippler:
Haltet stand den Anfeindungen, wenn auch Schmutz auf euch geworfen wird, und macht schnell!

Fotos: Maria Steinfeldt

Besetzung der Uraufführung im Berliner Ensemble
13. April 1967

Regie: Manfred Karge/Matthias Langhoff
Musik: Hans-Dieter Hosalla
Bühnenbild und Kostüme: Karl von Appen

Die Arbeitslosen
Bernd Baier, Eckard Becker, Manfred Dietrich, Werner Dissel, Paul Eisel, Isolde Ekhof, Christine Gloger, Michael Gwisdek, Annemone Haase, Hermann Hiesgen, Dieter Jäger, Peter Kalisch, Jörg Knoche, Dieter Korthals, Erhard Köster, Agnes Kraus, Hans-Joachim Leschnitz, Wilfried Mattukat, Gerhard Möbius, Wolfgang Müller-Dhein, Thomas Neumann, Achim Petry, Sabine Pflugk, Harald Popig, Felicitas Ritsch, Heinrich Schramm, Rudolf Seiß, Karl M. Steffens, Manfred Struck, Doris Thalmer, Dieter Wagner, Angelika Waller, Marlies Wilken, Horst Wünsch

Im Spiel

Niobe Queck – Agnes Kraus
Washington Meyer – Paul Eisel

Die Als
Mascher – Horst Wünsch
Heinrich Schramm, Gerhard Möbius, Harald Popig, Karl M. Steffens

Die Giganten
Bäckermeister Meininger – Hermann Hiesgen, Immobilienagent Flamm – Werner Dissel, Holzhändler Reuter – Peter Kalisch, Zeitungshändler Schmitt – Gerhard Möbius

Die Mieter
Frau Franzke – Annemone Haase, Frau Dittmeyer – Isolde Ekhof, Herr Dittmeyer – Rudolf Seiß, Herr Bölke – Erhard Köster, Frau Januschek – Doris Thalmer, Ajax Januschek – Achim Petry

Die Heilsarmee
Leutnant Hippler – Christine Gloger
Sabine Pflugk, Felicitas Ritsch, Angelika Waller, Marlies Wilken

Die Musik von Hans-Dieter Hosalla (Ouvertüre, Chöre und Lieder) ist instrumentiert für zwei Klaviere, Elektronenorgel, Flöte, Oboe, Banjo, Schlagwerk und Pauken. Im Spiel wurde eine Singende Säge und eine Schallplatte (Charakterstück der zwanziger Jahre) eingesetzt.

Die Vorstellung wurde ohne Pause gespielt. Spieldauer 1 Stunde und 50 Minuten.

Texte aus dem Brotladen-Fragment

Anhand einiger Texte (Szenen, Dialoge, Verse und Lieder, Notizen und Bruchstücke) soll dem Leser, dem kein Einblick in das gesamte Material des Fragments möglich ist, ein Eindruck vermittelt werden, in welchen Zusammenhängen bzw. Zusammenhangslosigkeiten den Bearbeitern der Stoff, den sie zu der Bühnenfassung verarbeitet haben, vorlag. So sind im Anhang auch Texte enthalten, die in der Bühnenfassung keinen Platz gefunden haben. Varianten in der Namensgebung der Personen gehen im Wesentlichen darauf zurück, daß Brecht den Stoff zuerst in einem amerikanischen Milieu ansiedelte. So entsprechen in etwa Quack = Queck, Myres = Meyer, Brown = Meininger, Jefferson = Januschek. Die Lektüre des Anhangs gibt dem Leser die Möglichkeit den Handlungsablauf, Textumstellungen, Korrekturen an der Führung von Figuren, wie sie in der Bühnenfassung vorgenommen sind, zu kontrollieren. Die Herausgeber wollen mit diesem Vorgehen noch einmal den Vorschlag-Charakter ihrer Fassung betonen.

Die Texte wurden nur behutsam korrigiert; die Kleinschreibung aufgehoben, klar erkennbare Tippfehler entfernt; die Interpunktion vorsichtig den Regeln angeglichen.

I. Szenen

Der Kampf um den Groschen

DIE ALS (Die Arbeitslosen) *wenden sich an die Zuschauer:*
Ihr, die ihr eben
Vom Essen kommt
Erlaubt, daß wir euch vortragen unser
Unablässiges Bemühen um Essen, wie ihr habt
Auch bescheideneres genügte uns schon.

Wir bitten euch: seht uns
In unablässiger Suche nach Arbeit!
Leider über Essen und Arbeit
Stehen unverrückbar Gesetze
Unbekannte.

Immerfort fallen aber
Nach unten
Durch die Gitter im Asphalt
Allerlei Menschen ohne Merkmal
Oder Zeichnung nach unten
Plötzlich, lautlos schnell, nach unten
Neben uns gehende, fröhliche nach unten
Mitten aus dem Menschenstrom nach
Ungenauer Auswahl
Sechs von sieben nach unten, aber der siebente
Geht in den Eßraum.

Wer von uns ist es? Welcher
Ist bestimmt zur Rettung?
Welcher gezeichnet?
Wo ist das Gitter, das nächste?
Unbekannt.

ULYSSES SCHMITT, DER ZEITUNGSHÄNDLER *wendet sich an die Als:*

Ihr da! Ich suche einen, der mir die Zeitungen austrägt und für meinen Stand neue Käufer fischt, denn seit kurzem vermehrt sich mein Kundenkreis nicht mehr, und ich selber muß bei meinem Stand bleiben.

DIE STEMPELALS *essen weiter mit ihren Blechlöffeln aus ihren Blechtellern:*

Bei uns besteht für dein
Windiges Gewerbe
Kein Interesse.

DIE ALS

Wähle aus unter uns, Mächtiger
Wir alle wollen
Deine Zeitungen austragen.

ULYSSES SCHMITT, DER ZEITUNGSHÄNDLER

Ich kann aber nicht jeden brauchen. Du da, hast du Angehörige?

DER ERSTE AL *nickt*

DER ZWEITE AL *stellt sich vor den ersten:*

Ich hab keine.

DIE ALS

Der säuft.

DER DRITTE AL *stellt sich vor den zweiten:*

Ich könnte
Allerhand aushalten, ich war
Gepäckträger.

DER VIERTE AL *stellt sich vor den dritten:*

Du bist zu alt.

WASHINGTON MEYER *kriecht ihm zwischen den Beinen durch und stellt sich vor ihn:*

Ich bin jünger.

ULYSSES SCHMITT, DER ZEITUNGSHÄNDLER

Komm mit.

Er übergibt dem Knaben einen Pack Zeitungen.

DER VIERTE AL *hält den Knaben zurück:*
Hallo, Albert!
Und ich?
Soll ich nichts abkriegen? Kannst du nicht
Bei deinem Brotherrn sehen, daß für mich was abfällt?

WASHINGTON MEYER
Du kannst dich verlassen, Edmund
Sobald es geht, mache ichs, aber
Laß mich erst festen Fuß fassen.
Er folgt Schmitt zum Zeitungsstand.

DIE STEMPELALS
Einen Groschen verdient er an
10 Zeitungen!
Das ist kein Geschäft.

DIE ALS
Ulysses Schmitt, Kampferprobter
Unterweise den Neuling jetzt und erkläre ihm
Die Gesetze deines Geschäftes.

ULYSSES SCHMITT, DER ZEITUNGSHÄNDLER
Da sind 10 Zeitungen.
(Wisch dir die Flossen ab!)
Das müssen zehn Groschen werden.
Einer für dich, neune für mich.
(Stell dich gerad hin!)
Wer bist du?
Du bist nichts.
Nichts als ein Loch, das nach Brot schreit
Ein Maul mehr, das fressen will!
Hier aber hast du die Rettung:
Diese zehn Zeitungen sind dein alles:
Strohhalm, Strick, Insel und Anker
Fressen, Nachtquartier und Stiefel
Jedenfalls aber alles, was
Die Welt für dich hat.
(Wisch dir die Nase ab!)

Wer dir die entreißt, der ist
Dein Feind.
Und keinen andern hast du, aber der
Will dich umbringen.
(Zuhören!)
Zehnmal also wirst du durchgeprobt
Auf Mut, Härte und Ausdauer
Einmal, wenn du versagst
Wärst du besser nicht geboren
Denn für so einen
Wäre ein Schluck Spreewasser
Viel zu schad.
Du bist nicht der Stärkste. Ich
Habe ein Auge zugedrückt. Schon Stärkere
Als du haben ihr Geld nicht bekommen, aber
Wenn du es nicht zusammenkriegst
Haue ich dir wie den andern
Deinen Kopf herunter.
Washington Meyer geht los, Zeitungen zu verkaufen.

DIE ALS
Jetzt bist du allein und gehst los
Bewähre dich!
Welch eine Stunde ist, weißt du
Was dich erwartet, hast du gehört
Jetzt handle!

TECHNIKUM: DAS ZEITUNGSVERKAUFEN

Auf einem laufenden Band als Straße verkauft der Zeitungsjunge Washington Meyer nunmehr seine Zeitungen. Es begegnen ihm: Der Bäcker Meininger, der Major der Heilsarmee in Zivil Draws, der Holzhändler Römer, der Agent Flamm, Frau Hekuba Quack. Zuerst ruft er aus: Zeitungen! Zeitungen! und zwar auf dem stehenden Band. Er verkauft nichts. Die Arbeitslosen beraten ihn: »Sag ihnen, was für sie drin steht!« Er ruft: »Die Wahrheit über die Burschuasi! Holzschiebungen des Stadtrats!« Der Agent Flamm geht vorbei und kauft nicht. Die Arbeitslosen belehren ihn:

»Wisse, niemals kaufen die Giganten
Die Wahrheit über die Giganten!
Lerne auch, daß es zweierlei Arten
Von Menschen gibt! Ihre Wünsche sind
Verschieden, verschieden ihre Ansichten und
Verschieden sind ihre Taten.«

Der Knabe sucht in den Zeitungen und sagt: »Dann muß ich herausfinden, was die einen wollen und was die andern.« Von jetzt ab benützt er, während das Band zu laufen beginnt, zwei Sätze, einmal »Die Schutzmaßnahmen der Polizei für den heiligen Abend im Westen!«, das andere Mal »Die Wahrheit über die Burschuasi! Holzschiebungen des Stadtrats!« und zwar bietet er die »Schutzmaßnahmen« an: dem Bäcker Meininger, dem Agenten Flamm und dem Holzhändler Römer, die sie auch kaufen, die »Wahrheit über die Bourgeoisie« aber, seiner schlechten Kleidung wegen, dem Major der Heilsarmee, der diese Wahrheit aber nicht kauft. Hingegen kauft er, als er zurückkommt, die ihm nunmehr angebotenen »Schutzmaßnahmen«. Außerdem bietet der Knabe die »Schutzmaßnahmen« nur noch der armen Frau Hekuba Quack und später dem Bäckergesellen Emil Januschek an.

FRAU QUACK *zu Washington Meyer, dem Zeitungsjungen:*
Hüten Sie sich an diesem Eck vor dem Herrn Januschek, der eine brutale Natur ist und sicher nichts zahlen will.
Ab

WASHINGTON MEYER, DER ZEITUNGSJUNGE
Das werden wir sehen, ob der mir nichts zahlt. Da leg ich

die Zeitungen hin, und er, wenn er eine nimmt, legt mir den Groschen hin.

Er legt die Zeitungen an die Hausecke.

DIE ALS

Tritt hervor, Ajax Januschek!
Männerzerschmetterer!
Alte Schmetterhand!

Ajax Januschek, der Bäckergeselle, tritt auf, nimmt wieder eine Zeitung und geht ab.

DIE ALS *lachen:*

Jetzt haut dir dein Brotherr den Kopf herunter!

WASHINGTON MEYER, DER ZEITUNGSJUNGE

Was hilft mein Herumrennen
Wenn jeden Tag am Abend
Januschek kommt, der kampfgewohnte, und
Nimmt eine Zeitung umsonst
Wo auf zehn Zeitungen eine kommt
Deren Erlös mir gehört
Und die stiehlt Januschek in aller Öffentlichkeit
Lediglich, weil er stark ist.
Er setzt sich mutlos hin und weint. Dann sagt er:
Jetzt weiß ich, was ich mache.
List hilft!
Er ruft zu einem Fenster herauf.
Frau Januschek!
Frau Januschek schaut zum Fenster heraus.

WASHINGTON MEYER, DER ZEITUNGSJUNGE

Ihr Sohn, der Herr Januschek, nimmt hier eine Zeitung weg und bezahlt nichts!

FRAU JANUSCHEK

Das kann ich nicht glauben, denn wenn mein Sohn eine Zeitung nimmt, dann bezahlt er auch.

Ab

WASHINGTON MEYER, DER ZEITUNGSJUNGE

Alte Kuh! *Er denkt nach.*

Da ist eine Kehrichttonne. Das ist die Rettung! Strohhalm, Strick, Insel und Anker!

Er holt die Tonne, rollt sie an einen bestimmten Punkt und legt dann die Zeitungen an einen andern.

Das ist mein Feind, der will mich umbringen. Das will ich ihm zeigen.

Jeder andere legte
Die Zeitungen hin, wo die alte Frau herschaut.
Ich aber lege mich selber her, denn
Ich weiß, sie kann ich
Nicht mehr überzeugen, auch
Wenn sie sieht, die Mutter, daß ihr Sohn
Die Zeitung nicht zahlt. Sie
Sieht es nicht. Was bedeutet es ihr
Wenn mir ein Groschen fehlt, ihr
Muß ich meinen abgehauenen Kopf zeigen.

Er setzt sich auf den Boden und schneidet mit seinem Taschenmesser den Boden der Tonne aus und steckt probeweise seinen Kopf hindurch.

DIE ALS *wenden sich währenddem an die Zuschauer:*

Jetzt benimmt sich staatsmännisch
Washington Meyer, der Staatsmann
Und folgt dem Gesetz, das in der Tiefe herrscht:
Der Gewalt gegenüber verbirg dein Leben!
Denn wenn die Gewalt ins Leere haut
Dann schwächt sie sich selber.
Darum ersinnt er jetzt eine List
Mit dieser Kehrichttonne.

TECHNIKUM: DER KAMPF

Ajax Januschek kommt zurück und will wieder eine Zeitung nehmen. Washington Meyer stürzt sich kopfüber auf ihn, rufend: »Frau Januschek! Schauen Sie heraus, Frau Januschek!«

Januschek löst ihn beinahe gutmütig von sich, so daß er auf den Boden fällt. Laut schreiend: »Frau Januschek! Schauen Sie heraus, Frau Januschek!« stürzt sich Washington Meyer wieder auf den Bäckergesellen. Es beginnt jetzt ein regelrechter Faustkampf.

DIE ALS *wenden sich währenddem an die Zuschauer:*

Noch ist er schwach, denn er kämpft.
Schwach ist der Schwache, solange
Er kämpft.
Bald ist er besiegt und wird stark
Und einsetzt die List.
Fallend in die Kehrichttonne
Unter den Schlägen des Feinds
Wird er vortäuschen, es sei
Mit Gewalt getrieben worden
Durch den eisengenieteten Tonnenboden
Sein armer Kopf, wonach
Ein Mensch tot ist.
All dies aber plant er vor den Augen der Mutter
So erschreckt er den Schläger
Daß er bereit ist zu zahlen.

Frau Januschek schaut wieder aus dem Fenster und ruft: »Emil!« Januschek wendet sich erschrocken um. In diesem Augenblick läßt sich der ringende Knabe, »Frau Januschek« schreiend, in die Tonne fallen und zwar so, daß sein Kopf durch den ausgeschnittenen Boden fährt, als schlüge er ihn durch. Januschek zieht erschrocken den Knaben aus der Tonne und versucht vergebens, ihn vor seiner Mutter zu verbergen und sagt:

»Ich zahle zwei Groschen!
Ich zahle drei Groschen!
Wenn du nur wieder aufwachst!«

Washington Meyer sagt mit geschlossenen Augen: »Drei Groschen!«

Januschek: »Ich zahle drei Groschen!« Washington Meyer

wacht auf, steht wieder auf seinen Beinen und streckt seine Hand aus.

Januschek setzt sich schluchzend:

»Daß meine Mutter im Alter
Sehen mußte, meine Niedrigkeit, das
Ertrage ich nicht.«

Er bezahlt weinend einen Groschen und kehrt, von seiner Mutter streng gerufen, ins Haus zurück.

WASHINGTON MEYER, DER ZEITUNGSJUNGE

Ein Groschen! Aber immerhin ein Groschen!

Blutig und zerlumpt vom Kampf zeigt er ihn den Als.

DIE ALS

Dieser Glückliche!

DIE STEMPELALS

So viel Mühe kostet es, einen Groschen
Auszubrechen aus der geschlossenen Faust des
Der ihn mühsam gefischt hat.

DIE ALS

Er hat seinen Groschen!

WITWE QUECK *vor dem Brotladen:*

Ich bin die Witwe Queck mit der rückständigen Miete. Ich mache alle Gänge für Herrn Bäckermeister Meininger, dem dies Haus gehört. Durch diese kleinen Gänge ernähre ich, da mein Mann gestorben ist, meine sieben unmündigen Kinder, von denen mein Wilhelm ein sehr aufgewecktes Kind ist. Sieben sind es, weil der Verstorbene sich nie und nimmer in keinem Punkte Zurückhaltung auferlegt hat und ich mir nicht erlaubt hätte, ihn nicht immer und ewig in jedem Punkte auf der Stelle restlos und vollständig zu befriedigen.

Ab ins Haus.

MEININGER *ruft hinauf:*

Frau Queck!

FRAU QUECK

Ja, Herr Meininger!

MEININGER

Kommen Sie runter!

FRAU QUECK

Ich eile.

Während des Hinunterlaufens:

Ich würde mir nie erlauben, Sie nicht immer und ewig in jedem Punkte auf der Stelle restlos und vollständig zu befriedigen, Herr Meininger.

MEININGER

Ich benötige für die handgeheizten Backöfen meiner Kleinbäckerei für 100 Mark Holz. Ich halte 10 cbm für ausreichend. Laufen Sie zum Holzhändler Reuter, und bringen Sie das Holz sofort mit. Wir nehmen wie gewöhnlich Knüppelholz und lassen es von den Arbeitslosen, von denen es mehr gibt wie gelbe Hunde, hacken. Das ist um gute 30 Mark billiger, als wenn wir Kleinholz nehmen.

FRAU QUECK

Herr Meininger, ich bestelle also 10 cbm Holz für 100 Mark, und zwar Knüppelholz, und zwar dalli. *Ab*

DIE ALS *stürzen auf die Bühne, im Chor:*

Ein rosiger Tag! Arbeit!
Hier soll ein Holzstoß
Zum Zerkleinern herkommen!

MEININGER

Wer hat euch denn das wieder gesagt, ihr Geier?

DIE ALS

Das hat sich wie ein Lauffeuer herumgesprochen, Herr Meininger.
Wo sind die Äxte, wo ist der Holzklotz?
Und auch Sägen benötigen wir!
Ein rosiger Tag!

MEININGER

Stellt euch dort drüben auf.

DIE ALS *stellen sich auf:*

Ein rosiger Tag!
Immerfort Arbeit!

FLAMM *kommt:*

Guten Morgen, Herr Meininger! Ich bin der Immobilienagent Flamm und mache meine Runde.

MEININGER

Guten Morgen, Herr Flamm!

FLAMM

Endlich wieder einmal ein richtiger, schöner Winter! Mit Schnee und Eis! Man fühlt sich eigentlich nie frischer als im Winter, man bringt mittags einen richtigen Hunger mit nach Hause durch die scharfe Luft. Wie geht übrigens das Geschäft, Herr Meininger?

MEININGER

Der Meiningersche Brotladen, bestehend seit dem Jahre 1848, verdankt seinen guten Namen bei der Kundschaft der konsequenten Aufrechterhaltung seines Handbetriebes.

FLAMM

Ja, der Meiningersche Brotladen gilt als eine der besten Kleinbäckereien dieser Straße. Leider gibt es solche Kleinbäckereien wie die gelben Hunde.

MEININGER

Ihr Geschäft ist natürlich ein unvergleichbar größeres, Herr Flamm. Als Immobilienfirma verhandeln Sie ja direkt mit den Banken.

FLAMM

Aber auch für uns sind die Zeiten furchtbar. Wir haben es mit den Kleinbanken zu tun, welche uns an der Gurgel haben und vollständig in den Händen der Großbanken sind. Die Großbanken aber stehen wieder mitten in der Krise. Ich kann Ihnen die äußerst verwickelten Zusammenhänge zwischen Industrie und Handel, welche ich selber kaum verstehe, natürlich nur andeuten, da Sie keine Nationalökonomie studiert haben. Jedenfalls wird es Ihnen genügen zu erfahren, daß Sie, Herr Meininger, schon erledigt sind. Unsere Lage als kleinere Immobilienfirma, die Ihnen als wunder wie mächtig erscheinen mag, da wir Ihnen ja auf Ihr Haus zwei Hypotheken bewilligt haben, ist einfach entsetzlich. Unsere Kleinbanken – ausgepreßt wie Zitronen von den Großbanken, welche seit Wochen keine Nacht mehr schlafen, da sogar die D-Banken wanken, weil die Industrie Unsummen verschlingt, ohne dadurch auf einen grünen Zweig zu kommen, weil der Staat doch sogar schon mit dem Gedanken spielt, sogar von der Industrie Steuern zu verlangen, und, was überhaupt seit Menschengedenken nicht vorgekommen ist, sogar schon der Plan besteht, diese Steuern wirklich einzutreiben, weil Amerika, dem Europa bis an den Hals verschuldet ist, sich in einer entsetzlichen Krise windet, über deren Gründe sich die größten Gelehrten der Nationalökonomie absolut nicht klarwerden können – sind selbst am Abschnappen.

MEININGER

Glauben Sie wirklich, Herr Flamm?

FLAMM

Ich verstehe Sie nicht, Herr Meininger. Sie beschäftigen hier Leute wie ein Großbetrieb. Siemens-Schuckert entläßt seine Arbeiter, und Sie stellen ein. Ja, wer sind Sie denn? Können Sie Ihre Zinsen zahlen an Neujahr? Wir sind am Rande unserer Geduld, Meininger. Dieser Meiningersche Brotladen mit den rückständigen Zinsen wird am 1. Januar geschlossen werden, wenn nicht wenigstens die Zinsen der Hypotheken, die hiermit gekündigt sind, bezahlt werden. Wenn Sie die Zinsen am 1. Januar bezahlen, können Sie noch ein Jährchen Ihren Handbetrieb weiterführen.

MEININGER

Herr Flamm, Sie haben mir die Augen geöffnet. Ich würde mir nicht erlauben, Sie nicht am 1. Januar in diesem Punkte restlos und vollständig zufriedenzustellen.

Flamm ab.

DIE ALS

Das ist der höchste Mensch, den wir je gesehen haben
Und er klagte!

MEININGER *beim Hineingehen:*

Wenn ich euch sehe, ihr Lumpen, da steigt mir die Wut auf.

Man hört ihn im Hause herumbrüllen.

Das Licht brennt wieder in der Backstube! Dieser Leichtsinn macht mich kaputt. Zwei von euch sind entlassen. Ihr kennt den Pfennig nicht mehr, ihr ehrt den Pfennig nicht mehr, das Bier zur Vesper wird abgeschafft, und der Weihnachtskarpfen wird in den Ausguß geschmissen, damit wenigstens die Butter gespart wird.

DIE ALS

Wehe! Unser Gigant wankt!
Wenn die Giganten wanken
Fallen unter den Unbeteiligten die Opfer!

Frau Queck zurück, geht gleich ins Haus. Dann kommt das Holz und wird abgeladen. Der Holzhändler Reuter kommt mit.

MEININGER *tritt aus der Tür:*
Was ist das für ein Holz, das da liegt?

REUTER
Das ist das Holz, Herr Meininger.

MEININGER
Was für ein Holz?

REUTER
Kiefern.

MEININGER *nimmt, als ob es ihm nicht gehörte, ein Scheit auf:*
Schönes Holz haben Sie da. Frau Queck, da ist Ihr Holz!

FRAU QUECK
Brauchen Sie noch etwas, Herr Meininger?

MEININGER
Nein. Ihr Holz ist gekommen, Frau Queck.

REUTER
Aber Herr Meininger, das Holz ist doch für Sie bestellt worden.

MEININGER
Wer hat das Holz bestellt, Frau Queck?

FRAU QUECK
Sie, Herr Meininger.

MEININGER
Ich? Sie sind gut! Meinen Sie, ich habe das Geld zum Hinauswerfen?

REUTER
Herr Meininger, machen Sie da keine Geschichten. Frau Queck hat für Sie Holz bestellt, und da ist das Holz. Ich bin mitgekommen, um das Geld gleich zu kassieren, denn es hat sich natürlich wie ein Lauffeuer verbreitet, daß hier nicht mehr alles richtig ist. Hier ist die Rechnung.

MEININGER
Frau Queck, ich frage Sie jetzt im Beisein des Herrn Holz-

lieferanten Reuter, ob ich Ihnen den Auftrag erteilt habe, für mich Holz zu holen. Was antworten Sie da, Frau Queck?

FRAU QUECK

Ja, Herr Meininger.

MEININGER

Was ja? Habe ich Ihnen den Auftrag erteilt oder nicht?

FRAU QUECK

Ja, Herr Meininger.

MEININGER

Frau Queck, Sie sind gekündigt.

FRAU QUECK

Muß ich ausziehen, Herr Meininger?

MEININGER

Jawohl.

FRAU QUECK

Da müssen die Möbel herunter.

MEININGER

Herr Reuter, die Rechnung geht an Frau Queck, wie Sie sehen. Das Holz gehört Frau Queck.

REUTER

Herr Meininger, ich traue meinen Ohren nicht.

MEININGER

Ja, Herr Reuter, da hätten Sie besser Ihren Ohren nicht getraut, als Frau Queck angeblich für mich das Holz bestellt hat. Ich frage mich wirklich, Herr Reuter, wie können Sie auf Frau Queck hören? Frau Queck ist gar nichts.

FRAU QUECK

Ja, wie können Sie, Herr Reuter? Sie können doch nicht, wenn ich sage, Sie sollen Holz bringen, einfach Holz bringen? Wer bin denn ich?

REUTER

Ich hätte doch Frau Queck nicht im Traume 10 cbm Holz anvertraut.

FRAU QUECK

Niemals.

REUTER

Bin ich denn ein Idiot?

MEININGER

Diese Frage können Sie sich beantworten, Herr Reuter.

FRAU QUECK

Jawohl, das müssen Sie, Herr Reuter.

MEININGER UND REUTER

Ja, das werden wir ja sehn.

FRAU QUECK

Jawohl.

MEININGER

Das ist überhaupt Knüppelholz. Seit wann bestelle ich Knüppelholz.

REUTER

Seit fünf Jahren, Herr Meininger.

MEININGER

Dann will ich Ihnen sagen, seit wann ich kein Knüppelholz mehr bestelle – seit heute morgen.

DIE ALS

Wehe, unter den Giganten
Entbrennt wieder ein Kampf.
Wer wird ihn bezahlen?
Sicherlich doch der Gigant nicht.
Wehe, unser Gigant wankt!
Auf wen
Fällt sein brechendes Aug begehrlich?
Sicherlich auf uns!
Denn die Giganten kämpfen, aber
Unter den Unbeteiligten fallen die Opfer!

REUTER

Also, nicht wahr, Herr Meininger, daß Sie das Holz bestellt haben, das steht doch wohl jetzt außer Frage?

MEININGER

Aber lieber Herr Reuter, wir werden uns doch nicht wegen dem Holz hinstellen.

REUTER

Herr Meininger, es ist für mich auch peinlich, mich mit Ihnen vor diesem Pack herumzustreiten.

MEININGER

Dürfte ich Sie hereinbitten, Herr Reuter?

REUTER

Bitte, Herr Meininger.

Sie gehen hinein.

FRAU QUECK

Das ist ein Tag!

Drei ALS bringen eine Kommode, ein Sofa, zwei Stühle und sieben Kinder herunter.

FRAU QUECK

Geben Sie auf die Kommode acht. Stoßen Sie sie nicht links an, da hat sie ein Bein.

DIE ALS

Wir stoßen sie rechts an, Frau Queck.

FRAU QUECK

Ich danke Ihnen, Herr Mascher. Halt die Klappe, Friedrich!

Die Möbel sind unten, auf das Sofa setzen sich die Kinder.

So, das wäre wenigstens geschafft.

Eine Familie steigt aus dem Chor aus.

FAMILIE

Eine Wohnung frei! Ein ganzes Zimmer!

Sie marschiert ins Haus.

FRAU QUECK

Lassen Sie den Hahn nicht auf, es tropft leicht durch.
Seit zwanzig Jahren wohnend in diesem Hause
Begannen wir lieb zu gewinnen unser trautes Heim.
Selbst den löchrigen Ausguß
Könnte ich nicht missen im Alter jetzt

Ohne die feuchte Wand –
Selbst den Schwamm
Schätze ich in den Dielen –
Wäre mein Leben kein Leben mehr.
Den Windstoß, der durch die Mauer geht
Kenne ich
Der Gestank vom Abort sogar
Störte uns nicht
Wir sind gewohnt den rauchenden, aber
Holzverschlingenden Ofen
Und gewohnt sind wir
Das Beben des Hauses
Unter den Zügen der Stadtbahn
Über den Zügen der Untergrund.

Meininger und Reuter kommen mit dicken Zigarren aus dem Brotladen.

REUTER

Herr Meininger, Sie wissen, daß ich mich mit Ihnen einigen möchte, aber die Schwierigkeit besteht darin, daß Frau Queck nichts hat.

MEININGER *auf die Möbel weisend:*

Frau Queck hat wenig, Herr Reuter, aber nicht nichts.

REUTER

So, diese Möbel gehören Ihnen, Frau Queck.

FRAU QUECK

Jawohl, Herr Reuter.

REUTER *geht die Möbel prüfen:*

Ein Plunder. Sie haben Kleinholz bestellt, Herr Meininger?

MEININGER

Können Sie denn das Holz nicht zurücknehmen, Herr Reuter?

REUTER

Nein, wir nehmen in diesen Zeiten prinzipiell nichts zurück. Sie haben ausdrücklich Kleinholz bestellt, Herr Meininger.

MEININGER

Ja, Kiefern. Natürlich, Kleinholz.

Brüllend zu Frau Queck:

Ich habe überhaupt Kleinholz bestellt.

Zu Reuter:

Ja, wenn Frau Queck von mir einen Auftrag ausrichtet, und zwar falsch, bin ich da überhaupt haftbar?

REUTER

Zahlen müssen Sie auf jeden Fall. Natürlich, an Frau Queck haben Sie einen Regreßanspruch.

Beide betrachten versonnen Frau Queck.

Und Frau Queck hat immerhin Möbel.

MEININGER

Herr Reuter, ich verweigere die Annahme des Holzes, solange es kein Kleinholz ist, wie ich es bestellt habe. Für mich ist das Ihr Holz, Frau Queck.

REUTER

So, dann werde ich mich jetzt an Ihre Möbel halten, Frau Queck. Und 50 Mark schulden Sie mir außerdem noch, und ich werde die 50 Mark aus Ihnen herausholen, Frau Queck.

Zu dem Mann, der das Holz gebracht hat:

Alfons, du kannst die Möbel gleich mitnehmen.

Sich verabschiedend:

Herr Meininger!

MEININGER

Herr Reuter! *Reuter ab.*

EIN AL

Herr Meininger, sollen wir mit dem Hacken jetzt anfangen?

MEININGER

Da müssen Sie Frau Queck fragen!

ZWEITER AL

Ach, es wird nicht mehr gehackt? Aber jetzt sind wir eine halbe Stunde hier in der Kälte herumgestanden, das muß bezahlt werden.

MEININGER

Wieso nur eine halbe Stunde? Ihr steht ja schon seit fünf Tagen in der Kälte rum, soll ich das auch zahlen?

DRITTER AL

Nein.

MEININGER

Seht ihr.

Will weg.

DRITTER AL

Halt, halt, die halbe Stunde muß bezahlt werden, die halbe Stunde sind wir doch jetzt in Ihrem Auftrag herumgestanden.

DIE ALS

Hier herrscht Logik, hier herrscht Hunger.

MEININGER

Könnt ihr mir vielleicht zeigen, was ihr gemacht habt?

ERSTER AL

Da haben wir zum Beispiel der Frau Queck die Möbel heruntergetragen, da gibts keine Ausflucht.

MEININGER

Ah, ihr habt der Frau Queck die Möbel heruntergetragen?

FRAU QUECK

Ja, das haben sie gemacht, da gibts keine Ausflucht, Herr Meininger.

MEININGER

Ah, Sie zahlen, Frau Queck? Ist gut. Ja, Leute, ich habe große Sorgen. *Ab*

DIE ALS

Anders wie die Kämpfe der Höhe sind
Die Kämpfe der Tiefe. Der zerschmetterte Gigant
Nach dem Kampf geht er vespern.
Also Frau Queck, das macht die halbe Stunde pro Mann 25 Pfennig. Das macht 1 Mark 25.

FRAU QUECK

1 Mark 25, stimmt es? Ist gut!

DIE ALS *strecken die Hände aus:*

Also 1 Mark 25.

FRAU QUECK

Wissen Sie, ich habe das Geld nicht flüssig. Leopold, steh grad! Wissen Sie, der Knabe hält sich schlecht.

DIE ALS

Ja, Frau Queck, damit ist die Sache aber nicht zu Ende.

FRAU QUECK

Ja, ja. – Jetzt schulde ich 51 Mark 25 Pfennige. Vorige Woche hätte ich beinahe keinen Rat mehr gewußt, weil Leopold Strümpfe brauchte, und jetzt sind auf einen Sitz 200 Mark weg. Wenn mir die Herren vielleicht 30 Pfennige leihen könnten, dann würde ich wenigstens fürs erste nicht ganz ohne Mittel sein.

ALFONS

Also, Frau Queck, dann muß ich also jetzt die Chaiselongue abtransportieren.

FRAU QUECK

Heinrich, herunter. Mach Platz, Leopold.

ALFONS

Es ist mir natürlich unangenehm und . . .

FRAU DITTMEIER *kommt heraus:*

Was ist denn da los? Sie können doch nicht der Frau Queck im Ernst die letzten Möbel wegfahren? Ja, das ist doch die Höhe! Frau Franzke!

Frau Franzke schaut heraus.

Die schaffen der Frau Queck auch noch die Möbel weg!

FRAU FRANZKE

Das sollte aber wirklich nicht sein, daß man der Frau auch noch die Möbel wegschafft.

FRAU QUECK

Das sollte nicht sein.

FRAU DITTMEIER

Ja, was machen Sie jetzt nur, Frau Queck, ohne Wohnung, die Kinder auf dem Hals? Frau Januschek!

Frau Januschek schaut heraus.

Der Frau Queck werden die Möbel weggeschafft.

FRAU FRANZKE

Da sollte Herr Bölke doch etwas tun!

FRAU DITTMEIER

Herr Schmitt! Herr Meyer!

Zu Frau Franzke.

Das ist der Zeitungsmann an der Ecke.

WASHINGTON MEYER *kommt angelaufen:*

Was ist hier los, Frau Dittmeier?

FRAU DITTMEIER

Da sitzt die Frau Queck auf der Straße, und die Möbel werden ihr weggeschafft.

FRAU JANUSCHEK *nach hinten:*

Emil, sieh mal nach dem Rechten.

EMIL JANUSCHEK *schaut heraus:*

Also, was wollen Sie da machen mit den Möbeln?

ALFONS

Ich hab den Auftrag von Herrn Reuter, die Möbel wegzuschaffen, aber wenn Sie mich hindern und reden mich schwach an, dann gehe ich ohne.

WASHINGTON MEYER

In diesem Falle würden wir Sie allerdings unter Umständen schwach anreden.

EMIL JANUSCHEK

Also, darüber sind sich doch alle hier einig, die Möbel bleiben hier, nicht wahr?

ALFONS

Bitte.

Will abgehen.

SCHMITT *kommt:*

Halt! Was tut ihr? Ihr Wahnwitzigen
Bereit, euch in den Kampf zu stürzen
Ohne Waffen, blind durch Mitleid! Wollt ihr
Zurück

Einen Kiesel holen, der
In ein Meer gefallen ist!
Wer seid ihr? Man hört euch reden fünf Straßen weit
Wie Millionäre, die die Geschicke der Welt bestimmen
Nach Gutdünken. Selbst kaum fähig
Euch selber zu helfen, mit halbgefüllten Mägen
Bettelnd um Kleider
Wollt ihr immer noch nicht schweigen!
Kehrt um in eure Wohnungen, festhaltend das Eure
Tut Wachs in eure Ohren, damit
Ihr umkehren könnt.
Pause

DIE ALS

Jetzt besinnen sie sich.
Gewarnt vor den Folgen
Zögern sie mit ihrem Mitleid.
Bald
Wird man sie weggehn sehn mit einem Händedruck
Aufsuchend die eigene
Warme Wohnung.

WASHINGTON MEYER

Ja, Frau Queck, ich sehe Sie mit Bedauern
In einer veränderten Lage, welche sicher nicht
Lange dauern wird. Ich selber
Habe eben heute Obdach gefunden und eine Arbeit mit Mühe
Und würde mich freuen, Ihnen sagen zu können: Hier
Haben Sie meinen ersten Groschen!
Darüber hinaus kann ich allerdings nichts für Sie machen.

ALLE

Halt! Gib den Groschen nicht
Aus der Tasche! Aufsteigender!
Gegen die Klagen der Untergehenden verstopf dein Ohr!
Tut Wachs in eure Ohren
Sonst seid auch ihr verloren!

EINE FRAU *oben:*

Uns ist sie noch einen Milchtopf schuldig, den werden wir auch nicht mehr sehen.

IHR MANN *neben ihr:*

Ich habe dir immer gesagt: Ist der Milchtopf zurück?

FRAU QUECK

Nein, das hätte ich auch nicht gedacht, daß ich einen Milchtopf eines Tages nicht zurückgeben könnte.

EMIL JANUSCHEK *tritt aus dem Haus:*

Aber Frau Queck, was sehe ich?
Sie sitzen auf der Straße! Heute vormittag noch
Sprachen Sie so freundlich zu mir.
Die Stiegen haben Sie immer so sauber gehalten
Und oftmals sagten Sie: Das und das
Würden Sie sich nie erlauben.
Was werden Sie denn jetzt machen? Wohin werden Sie
Gehen heute nacht!

DIE ALS

Halt! Frag nicht weiter!
Wenn sie antwortet, was machst du?
Du kannst ihr nicht helfen.

ALLE

Tut Wachs in eure Ohren!

Schmitt tritt auf Frau Queck zu, gibt ihr die Hand und betrachtet sie schweigend.

DIE ALS

Dieser da hat recht!
Er sagt nichts!
Er fragt nichts!
Und er gibt nichts!
Denn er kennt seine Lage!

ALLE

Tut Wachs in eure Ohren
Sonst seid auch ihr verloren!
Fragt nicht! Des Unglücklichen Antwort

Verstrickt euch in Unglück nur
Ihr, die ihr zu schwach zum Helfen seid
Seid nicht stark genug, zu hören den Todesschrei!
Anders als die Kämpfe der Höhe sind die Kämpfe der Tiefe!
Denn der Mensch der Tiefe versinkt
Beinahe ohne Ursache. Ein leichter Schlag wirft ihn
Vollends um. Sieben mal sieben Unglücke trafen ihn
Vor er geboren war. Jedes Mißgeschick, das ihn trifft
Ist ihm das letzte.

ALFONS

Soll ich also die Möbel wegschaffen? *Schweigen.* Dann schaffe ich also die Möbel weg.

Ab mit dem Handkarren. Frau Queck läuft jammernd wie eine Henne auf der Bühne hin und her.

DIE ALS

Auch die Möbel weg! Das dritte Unglück! Aber
Den nicht nur *ein* Unglück trifft, nicht nur
Die Aussicht auf Rettung, auch seine
Würde verliert er. Leichter trennt man von dem sich, dem
Nicht mehr zu helfen ist. Gott sei Dank, er ist fort.
Es war ihm nicht mehr zu helfen.
So nämlich wird
Der von Furunkeln
Heimgesuchte selbst als Furunkel empfunden.
Nicht ihn von Furunkeln befreit man, sondern
Man befreit sich von ihm.

ALLE

Aber dennoch ist es schwer, sich wegzureißen, besonders
Für den, der selber am Abgrund wohnt und aus dem Abgrund
Sein Brot fischt. Schwer gibt der selber Bedrohte
Einen seinesgleichen auf. Wer unterschreibt ein Todesurteil
Wo der Name noch ausgelassen ist? Vielleicht ist es der seine?

FRAU QUECK

Es ist mir selbst unangenehm, daß ich so auf der Straße sitze. Wissen Sie, ich bin sehr ungern angewiesen auf die Leute. Sie tun ja doch nichts für einen. Die reißen sich kein Bein aus, wenn einer ins Unglück kommt, wo sie doch selbst ihren Kopf voll haben von ihren eigenen Sorgen. Ich könnte Ihnen jetzt wirklich noch nicht einmal sagen, was ich in der nächsten halben Stunde anfange.

WASHINGTON MEYER

Da kommt Fräulein Hippler.

Fräulein Hippler! Was sagen Sie denn dazu als geprüfte Armenpflegerin?

FRÄULEIN HIPPLER

Ich weiß schon alles von Herrn Reuter. Kann man denn das Holz nicht verkaufen?

WASHINGTON MEYER

Leider nimmt Herr Meininger das Holz nicht, weil es nicht gehackt ist.

FRÄULEIN HIPPLER

Kann man es denn nicht hacken?

FRAU QUECK

Kann man es nicht hacken?

FRÄULEIN HIPPLER *zu den Als:*

Was verlangt ihr denn für das Holzhacken?

WASHINGTON MEYER

50 Pfennig die Stunde.

FRÄULEIN HIPPLER *schreibt in ein Büchlein:*

Wieviel Stunden sind nötig?

DIE ALS

Für vier Leute zwei Stunden.

FRÄULEIN HIPPLER

Und wieviel kostet das Holz? Ungehackt?

WASHINGTON MEYER

100 Mark schuldet Frau Queck dem Herrn Holzhändler Reuter.

FRÄULEIN HIPPLER

Und was muß Herr Meininger für gehacktes Holz bezahlen?

WASHINGTON MEYER

150.

Hippler rechnet.

Ja, bei der Heilsarmee können sie rechnen.

FRÄULEIN HIPPLER

Das sind 24 Mark für Sie, Frau Queck.

WASHINGTON MEYER

Sie haben 24 Mark, Frau Queck, und die Möbel bekommen Sie wieder.

FRAU QUECK

Ich habe 24 Mark, Herr Schmitt.

ALLE

Ein Wunder geschehen! Der Ärmste
Bekommt eine Aussicht: er ist es, der
Die Beute heimholt, er sammelt den Gewinn auf
Der geschlagenen Giganten zurückgelassene Habe.
Ein Wunder! Wenn zwei Reiche streiten
Lacht der Arme! Als schisse ein Riese, von Furcht erfüllt
Mitten auf den Platz und ein Wehgeschrei
Erhöbe sich voreilig unter den Getroffenen, auf denen
Es sitzenbleibt. Siehe, da sehen sie, wenn der Morgen kommt:
Der Mist ist verkäuflich.
Gott sei Dank, Frau Queck ist geholfen!
Gott sei Dank, sie ist nicht ohne Mittel!
Aussichtslos ist sie nicht, sie hat einen Holzstoß!
Das war uns wirklich ein
Stein auf dem Herzen!

WASHINGTON MEYER

Das Holz verkaufen Sie an Herrn Meininger, und Sie haben 24 Mark Kapital.

FRAU QUECK

Das ist mehr als ich erwartet hätte, Herr Meyer.

EMIL JANUSCHEK

Sehen Sie, Frau Queck, man soll nie verzagen, es kommt doch immer wieder etwas.

FRÄULEIN HIPPLER

Gott verläßt die Seinen nicht, Frau Queck.

Ab

Mittagspause. Sirenen. Glockenläuten.

Die Als. Mascher, ein Al, steht auf dem Holzstoß und hält Ausschau.

EIN AL

Was siehst du?

MASCHER

Nichts noch.

EIN AL

Wenn wir nur ein Zeichen ausgemacht hätten, daß wir schon, wenn sie um die Ecke kommen, gewußt hätten, ob es geglückt ist. Siehst du noch immer nichts?

MASCHER

Viel sehe ich natürlich: den Strom der Leute aus der Untergrund und die Schlange drüben vor dem Arbeitsnachweis, aber keinen Zipfel von Meyer, Queck, Januschek. Seit sie gegangen sind, Geld, Äxte und Sägen zu holen, hat der Erdboden sie verschluckt; aber jetzt sehe ich etwas: Meyer!

ZWEITER AL

Kommt er allein?

MASCHER

Ja.

ERSTER AL

Schnell?

MASCHER

Langsam.

DRITTER AL

Was hat er dabei?

MASCHER

Nichts.

DRITTER AL

Das wundert mich aber.

Meyer kommt und setzt sich schweigend auf einen Stoß Holz.

MASCHER

Na?

Meyer zuckt die Achseln.

MASCHER

Mensch, rede! Halt! Jetzt kommen sie!

DIE ALS

Jetzt gibt es Arbeit! Krempelt die Ärmel hoch!
Axt und Holzklotz ergreift und fettet die Sägen ein
Und den Holzstoß zerkleinert zu sauberen Scheitlein und
Dann wird Brot gekauft!

MASCHER

Aber ich sehe die Frau Queck nicht! Und auch nicht Januschek!

DIE ALS

Aber doch Säge, Äxte und Holzklotz?

MASCHER

Nein, auch die nicht. Nur einen Karren sehe ich.

WASHINGTON MEYER

So, jetzt wundert euch.

DIE ALS

Willkommen, Freunde! Befreier ihr!
Seht Bereitwillige in uns
Mit gezückten Händen stehen wir
Bereit zur Arbeit!
Doppelt soll das Tempo sein
Dreifach die Wucht unsres Zugriffs!

Auftritt Heilsarmee mit Hippler. Die Hippler geht in den Brotladen, die andern stehen davor, stimmen ihre Instrumente und schlagen ihre Büchlein auf.

MASCHER

Jetzt frage ich: was macht die im Brotladen?

WASHINGTON MEYER

Guten Abend, Herr Meininger, sagt sie, Sie haben da ja Holz liegen. Herr Meininger, was kostet es? – Fräulein Hippler, das Holz kostet mich selber 120 Mark. – Herr

Meininger, brauchen Sie Bargeld? Sie brauchen doch Bargeld? Für Flamm, den Geschäftsfreund? Holz brauchen Sie doch nicht, und hier, hier ist Bargeld. Wir aber brauchen das Holz, und wir lassen es hacken für 40 Pfennig die Stunde von unseren Armen, den würdigen. – Das Geschäft ist gemacht, Fräulein Hippler. – So geht es, Herr Meininger.

MASCHER

Das kann ich nicht glauben. Das wäre nicht rechtlich.

FRÄULEIN HIPPLER *heraus, noch in der Tür:*

So geht es, Herr Meininger.

Zum Trupp:

Wir beginnen mit der Andacht.

DIE ALS

Bitte, Fräulein Hippler, aber wo sind die Äxte? Wo ist der Holzklotz? Auch die Sägen sehen wir nicht!

FRÄULEIN HIPPLER

Wir singen jetzt Nr. 27.

HEILSARMEETRUPP *singt:*

Hebt eure Augen zu Gott!
Schaut nach nichts anderm aus!
Irdisches ist nur ein Spott
Darum lenkt eure Augen auf Gott
Und nicht auf euer irdisches Haus!

Währenddem trägt ein Teil der Heilsarmee hinten das Holz fort mit Säcken und Karren.

MASCHER

Aber was machen die denn da? Was schleppen denn die da fort?

EIN AL

Sie holen das Holz!

ZWEITER AL

Halt ihr! Laßt das Holz da!

HEILSARMEETRUPP *singt lauter:*

Horcht nur auf Gott und sein Wort

Nicht auf die Stimme der Welt!
Satanas, hebe dich fort
Wir hören nur Gott und sein Wort
Und tuen nur, was ihm gefällt.

DIE ALS

Wehe, sie schleppen das Holz fort!
Nur durch Arbeit winkte uns Brot
Und sie schleppen die Arbeit fort
Die Soldaten des Himmels!

FRÄULEIN HIPPLER

Einen Augenblick wenigstens hört jetzt doch drei Minuten nur die Stimme des Himmels!

DIE ALS

Im Dienste des Kapitals! Hallelujaschlampe, jetzt schleppst du das Holz weg! Laßt das Holz da! Ihr Bluthunde! Ihr Gitarrenhengste! Singen und Treten! Nehmt eure Gesangbücher weg und laßt das Holz da!

FRÄULEIN HIPPLER

Haltet stand den Anfeindungen, wenn auch Schmutz auf euch geworfen wird, und macht schnell!

MEININGER

Wer Fräulein Hippler bei ihrem Gesang stört, hat es mir zu tun! Harmlose Fräuleins beschimpfen!
Hungerleider, die ihr nichts seid und nichts habt
Und nichts könnt und nur immer fressen wollt!
Wie könnt ihr euch trauen am hellichten Tag
Aus den schimmeligen Löchern zu kriechen, dreckig
Wie Wanzen und zahlreich wie Wanzen. Ihr Blutsauger!
Arbeitsscheues Gesindel! Herumtreiber! Stänkerer!

DIE ALS

Du bist kein Stänkerer, aber du
Bist ein Gestank. Vollgefressenes Arschloch!
Wenn von der Bank ein Brieflein kommt
Scheißt er die Hosen voll!
Aber die Witwe tritt er

Mit ungewaschenen Füßen!
Dreckiger Kleinbürger!
Gips tut er ins Brot und dann setzt er den Preis herauf!
Jetzt aber schaut, wie er Schiß hat
Weil die markige Faust der Masse droht!
Haut ihm die Scheiben ein!

MEININGER

Was, ihr wollt hier Ausschreitungen begehen!
Holla, ihr Mieter! Lehmann, Frau Franzke und Dittmeier
Und auch ihr Aftermieter und Schlafburschen, her!
Sie stürmen den Brotladen! Und auch von Ihnen, Hippler
Erwarte ich, daß Sie jetzt dableiben.

EIN AL

Rüber zum Neubau, Steine her!

WASHINGTON MEYER

Nehmt euch auch Latten!

MEININGER

Latten! Ich gebs euch!
Wart, ich zermalm euch!

DIE MIETER *schauen heraus:*

Was ist, Herr Meininger?

MEININGER

Ausschreitungen!
Sie stürmen den Brotladen!
Wer mir jetzt nicht sofort hilft
Das Schaufenster schützen und herschleppt
Was jeder bei der Hand hat
Dem kündige ich.

DIE MIETER *kommen herunter, versuchen die Als zu vertreiben:*

Es langt nicht!

MEININGER

Dann nehmt die Brotlaibe! Und Bienenstiche!

WASHINGTON MEYER *an der Spitze der Als zurückkehrend:*

Ha! Er verkriecht sich!

Eher dient ihm die Semmel als Wurfgeschoß
Und der Brotlaib als Schutz für die Fensterscheibe
Als zu Speisen die Hungrigen! Komm heraus, du Abschaum
Der Menschheit! Du Kapitalist!

MEININGER

Ihr feigen Löcher! Zu Zwanzig!
Herr Bölke, Sie wissen, was Sie mir schuldig sind!

BÖLKE

Vierzehn Mark fünfzig.

MEININGER

Gehen Sie hinaus, und züchtigen Sie alle, die mich beleidigen.

Bölke tritt vor.

DIE ALS

Das ist der Bölke, die Sau! Vorhin noch unter uns
Für ein schimmliges Zimmer stellt sie sich gegen uns!

WASHINGTON MEYER

Wenn man euch nicht Arbeit gibt
Dann holt euch mit Gewalt das Brot aus dem Laden direkt!

MEININGER *weinend:*

Fräulein Hippler! Ihr Platz ist an meiner Seite!
Holt die Semmeln, die alten, die hart sind.
Und zielt ins Auge!

Die Heilsarmee singt: »Geht hinein in die Schlacht«.

DIE ALS

Und sie erfassen, von Hunger geschwächt, die Latten
Schwingen aus matten Gelenken den Pflasterstein
Aber der Zorn ist gerecht und ersetzt teureres Kampfgerät.
Ständig in Schwäche gehalten von Niederlag zu Niederlag
Kämpfend ums knappste Dasein, werden sie
Dennoch erreichen
Völligen Untergang des ungeheuren
Feinds. Sie wissen es.
Und auch Mascher, der jetzt nur die Matratze zerfetzt
Kämpft für den Endsieg.

WASHINGTON MEYER

Erlahmt nicht!

DIE ALS

Ihr dummen Hunde, meint ihr, wenn
Ihr einen Brotladen stürmt
Dem und dem Schwein von Bäcker
Die Fresse einhaut, wird es besser? Das
Ist ganz aussichtslos; aber
Nicht ohne Aussicht ist unser Kampf
Der immerwährende, um die Herrschaft selber
Im Staat und die Diktatur selber.

MEININGER

Da besteigt der gewaltige Meininger selber
Wutfunkelnden Augs den Brotwall.
Brüllend: Rettet
Rettet den Staat, Bölke und Dittmeier!

DIE MIETER

Und es ergreifen die Mieter
Wild die gebackenen Brote, zu schützen ihr
Eigentum.
Beulen hauend mit Eßbarem, auch mit der hurtigen
Abgehärteten Semmel.
Suchend das Auge des Gegners statt seinem Munde, so daß
Dieser sich wehren muß seiner Speise.
Voran denn!

DIE ALS

Heraus mit dem Fressen, schrien die Arbeits-
Losen, mit Zittern verwandelnd die Schwäche in
Mut.

DIE MIETER

Und verteidigt das Eigentum, schrien die
Eigentümer und verdoppelten
Ihrer Geschosse – – –

DIE ALS

Nicht von ihnen gebackenen!

DIE MIETER

Hagel, so daß die
Semmeln den Himmel verdunkeln.

DIE ALS

Aber die Hungrigen fochten im Schatten der Semmeln.

DIE MIETER

Manches Aug, zu gierig geworfen
Auf unser Eigentum, unsere Semmeln
Unter unseren Würfen verließ es
Arglistig die heimische Höhlung, fließend
Wie Öl hinab in den Mund, der andere
Speise verlangte.

DIE ALS

Hin und her
Wogte der Kampf.

DIE MIETER

Selbst Frau Januschek, sehet die Greisin
Auch sie ist entbrannt. Mit gewaltigem
Schwunge gießt sie die Kanne heiß
Auf die Köpfe der stürmenden
Hungrigen Masse
Ihr letztes Salatöl.

FRAU JANUSCHEK

Durchhalten, Herr Meininger, ich seh
Polizei!

DIE MIETER

Wehe, wir wanken!
Das Brot ist verschossen!

MEININGER

Das ist Frau Franzkes Werk!
Heimlich entschlüpfte sie
Dem gefährdeten Hause, mit Eile zu holen
Die Wächter der Ordnung.

DIE ALS

Wehe! *Einige Als verlassen fluchtartig das Schlachtfeld.*

DER POLIZIST

Herr Meininger, Sie haben mich gerufen. Herr Meininger, ich bin zur Stelle. Herr Meininger, was wünschen Sie?

MEININGER

Ich wünsche Ordnung.

WASHINGTON MEYER

Das ist das Holz der Witwe Queck, das hier weggeschafft werden soll von der Heilsarmee, widerrechtlich.

DER POLIZIST

Und was ist die Wahrheit, Herr Meininger?

MEININGER

Das Holz gehört der Heilsarmee, rechtsgemäß.

WASHINGTON MEYER

Herr Schmitt, bezeugen Sie, daß das Holz der Witwe Queck gehört.

SCHMITT

Sicher gehört es Frau Queck, aber
Was besagt das? Glaubt doch nicht
Daß eine Rechnung stimmt, aus der hervorgeht
Daß euch was gehören soll. Mag euch
In eurer Rechnung stimmen jegliche Zahl, niemals
Wird ausbezahlt, was errechnet ist, dem
Der nichts hat.
Also verschwindet das Holz jetzt, das euch auf seinem
Wege vom rauschenden Fichtenwalde zum eisernen Ofen
Wandelnd von Baum sich zur Wärme
Eine Zeitlang Schild war und Aussicht, aber
Niemals euer Eigentum.

DER POLIZIST

Sehr richtig, Herr Schmitt. Sie sind ein verständiger Mann.
Fräulein Hippler, nehmen Sie das Holz weg.

WASHINGTON MEYER

Dann sage ich: solange ich lebe, wird
Der Witwe das Holz nicht weggeschafft.

DIE MIETER und DIE VERBLIEBENEN ALS

Solange er lebt, sagt er, wird
Das Holz der Witwe nicht weggeschafft.

WASHINGTON MEYER

Du langer hirnloser Eisenklotz
Komm her und nimm im Dienste des Kapitals
Der Witwe das Holz weg!

DER POLIZIST

Ruhe!

Meyer haut dem Polizisten mit seiner Latte mehrmals auf den Kopf.

DER POLIZIST

Mir auf den Kopf hauen, das ist
Verboten!

DIE VERBLIEBENEN ALS

Geh vor, Gewarnter, verlaß die Masse, die dich verbirgt!
Du bist gesehen worden, jetzt
Vollzieht sich deine Ausmerzung!
Unübersehbar weit sitzen die, gegen die du anrennst.
Aber zur Stelle ist die eiserne Ferse, dich zu zerschmettern.
Freilich, du weißt wohl, unbelehrbar:
Die Sache mit dem Holz, das ihr weggenommen wird
Ist nicht beendet mit der Wegnahme.
Du widerstehst, und du fällst an der Straßenecke
Gegen sieben Uhr abends und bist verscharrt nach drei Tagen
Wenn das Holz längst verbrannt ist, aber
Deine Sache ist nicht beendet.
Washington Meyer, Staatsmann
Der du nicht sehen konntest das Elend liegen auf der Straße
Unordnung und Gewalt –
Falle!

WASHINGTON MEYER

Besser, ihr geht weg. Sammelt die Semmeln aus dem Dreck und verdrückt euch.

Meyer haut dem Polizisten noch zweimal auf den Kopf. Der Polizist hebt kopfschüttelnd eine Semmel auf und erschlägt Meyer mit ihr.

DIE VERBLIEBENEN ALS

So fiel Washington Meyer heute abend sieben Uhr
An der Straßenecke im Kampfe für
Die Interessen einer Frau, selber im Untergang
Selbst ohne Familie, Anhang und Obdach.
Hinabsinkend von der untersten Stufe
Aus Gerechtigkeit
Nach unten.

MEININGER

Meyer ist gefallen! Der Witwe wird das Holz weggeschafft!

II. Dialoge

BROWN *von unten:*

Frau Quack, wo ist das Holz?

FRAU QUACK

Es kommt punkt neun Uhr, wie Sie gesagt haben.

BROWN

Wenn das Holz nicht kommt, dann können Sie was erleben.

FRAU QUACK

Ich habe es wirklich ausgerichtet, und ich würde mir nicht erlauben, Sie nicht immer und ewig in jedem Punkte auf der Stelle restlos und vollständig zu befriedigen, Herr Brown.

ZWEI ARBEITSLOSE

Hier soll ein Holzstoß zum Zerkleinern sein heute.

BROWN

Wer hat Ihnen denn das gesagt?

ARBEITSLOSE

Na, es hat sich wien Lauffeuer herumgesprochen.

BROWN

Sie können sich da drüben aufstellen.

FRAU QUACK

Das Holz kommt um neun.

MANN

Sie, brauchen Sie Holz?
Wollen Sie Christbäume kaufen?

BROWN

Ich habe mein Holz.

MANN

Aber Christbäume sind billiger. Drüben in der 43. Straße liegt dieses Jahr ein ganzer Wald. Die Leute können dieses Jahr keine Christbäume kaufen, der Winter ist zu streng.

BROWN

Na, ich werd dann vielleicht mal rüberschauen.

Zu den beiden Arbeitslosen.

Ihr könnt ruhig abschwirren, es kommt kein Knüppelholz.

ARBEITSLOSE

Aber Weihnachts

HIEP

Herr Meininger, ich habe die Möbel der Frau wieder hinaufschaffen lassen, es ist wohl ein Mißverständnis. Die Leute hier sind alle so ärgerlich, weil die Frau mit ihren Kindern auf der Straße sitzt. Sie sind doch einverstanden, Herr Meininger?

MEININGER

Was wollen Sie? Mißverständnis? Sie sind ärgerlich! Womit soll ich einverstanden sein? Ich will Ihnen einmal was sagen, Fräulein Hiep, Hände von meinem Eigentum! Verstanden? Seit wann ist denn das Mode bei der Heilsarmee? Das ist ja Bolschewismus! Ist das!

I AL

Das ist Bolschewismus!

MEININGER

Möbel herunter!

Die Möbel fliegen raus.

3 ALS

Ist das ein Auftrag von Ihnen, Herr Meininger?

HIEP

Herr Meininger, ich verstehe Sie nicht ganz. Aber wenn Sie so zornig sind, werden Sie schon einen Grund haben.

JANUSCHEK

Warum denn? Möbel herunter? Das ist ja eine Roheit! In mir kocht da alles! Möbel hinauf!

ZEITUNGSMANN

Lassen Sie mal, Herr Januschek, verbrennen Sie sich nicht die Schnauze!

MEININGER

Was wünschen Sie, Herr Januschek?

JANUSCHEK

Möbel hinauf, Herr Meininger. Und sollte ich auch
Draufzahlen, jetzt
Ist meine Geduld erschöpft
So wird nicht umgegangen
Mit einer Witwe, so lang Heinrich Januschek
Seine Faust hat.
Willst Du die Möbel wieder hinaufschaffen?

MEININGER

Einen Dreck will ich.

Januschek schlägt Meininger groß nieder.

CHOR

Emil Januschek, Du hast Dich angenommen
Der Sache des Untergehenden und
Aufgegeben Deine Interessen, Du
Gehst unter!

Immer noch sitzen im Heilsarmeesaal Januschek und Frau Queck, als die Hipler mit dem Stoßtrupp vermittels Handkarren und Säcken das Holz einbringt.

QUECK

Was ist denn das für ein Holz, Herr Januschek?

JANUSCHEK

Frau Queck, das sieht mir ja fast nach Ihrem Holz aus.

QUECK

Aber das ist doch nicht möglich, so etwas würde Fräulein Hipler nie machen.

JANUSCHEK

Das wollen wir hoffen, Frau Queck, allerdings dies eine Scheit mit dem Ast das kommt mir direkt bekannt vor.

MAJOR

Nun?

HIPLER

Der hat es uns für 80 Mark abgelassen, da er in starker Bedrängnis ist.

MAJOR

Also hören Sie Hipler, unser heutiger Text lautet: Und wenn du ihn nicht siehst noch schmeckest, so ist er doch gegenwärtig allerwege. Sie verstehen, Gott ist gegenwärtig, auch wenn man sein Walten im Moment nicht merkt. Nehmen wir doch ein Beispiel: Und dann die Sache mit dem Holz. Das Holz ist da, und dann ist es auf einmal weg. Daraufhin Kleingläubigkeit. Wo ist Gott? Lösung: Gott ist sichtbar beziehungsweise unsichtbar da.

HIPLER

Ich glaube, Herr Major, wir können heute auf ein volles Haus rechnen. Ich denke da hauptsächlich an die Arbeitslosen.

DIE ALS

Wieder beginnt eine kalte Nacht und
Die Sorge um Obdach, da ja keine Arbeit zu finden war.
Und hinter dem verschleppten Holz her, gleich
Dem sagenhaften Orpheus, der
Seiner entführten Gattin folgte ins Schattenreich
Folgen wir der entführten Hoffnung nach unten.

JANUSCHEK

Ich beantrage, daß über die Herkunft des Holzes der Frau Queck an dieser Stelle vor Beginn des Gottesdienstes Auskunft erteilt wird.

MAJOR

Ja, ja, von nichts anderem wird unser Gottesdienst heute handeln.

JANUSCHEK *setzt sich:*

Danke sehr.

EIN HEILSARMEEMÄDCHEN

Da brüstet sich das Laster und ist doch bald dahin. In Scharlach gekleidet sitzt die Sünde und ihre Brüste sind nie leer. *Einige stimmen das Lied an „Das Gewand der Sünde ist scharlachrot“.*

JANUSCHEK

Wenn ich mir die Bemerkung gestatten darf, so handelt es sich nämlich bei dem erwähnten Holz um die anwesende Frau Witwe Queck, die unter uns weilt.

MAJOR

Lieber Freund, es handelt sich hier nicht um Frau Queck, und es handelt sich nicht um Euer Holz, Herr. Sehen Sie, jetzt fallen Sie schon das zweite Mal auf, aber sprechen Sie ruhig weiter, wir wollen gern von Ihnen hören, Sie sind ja ein ganz besonderer Mann.

JANUSCHEK

Ich gestatte mir, was den Herrn Vorredner betrifft, daß ich von Ihnen sprechen wollte, und zwar an der Hand des Holzes.

MAJOR

Nein, nein, lieber Freund, nicht von uns, sondern von Ihnen wollen wir sprechen, Sie sind doch viel mehr als wir alle.

HUBER

Frau Queck, ist Ihnen auch Ihre Lage klar?

QUECK

Jawohl, Herr Huber.

HUBER

Ist es Ihnen auch klar, Frau Queck, daß die Bewegungen der Gestirne, ihre Konstellation sozusagen auf Ihren Lebenslauf einen entscheidenden Einfluß ausüben? Wann sind Sie denn geboren?

QUECK

Herr Huber, im Januar.

HUBER

Dann sind Sie ein Steinbock, Frau Queck. Sehen Sie, so lang Sie zum Beispiel nicht wissen, daß Ihr Aszendent die doppelte Venus ist, ja, da können Sie sich natürlich das, was mit Ihnen geschieht, nicht erklären. Sie haben sich sicher auch schon öfters gefragt: woher kommt denn das oder jenes Unglück oder Glück? Ich sehe doch, Sie sind auch nicht mit Gütern gesegnet. Nun?

Heinrich Queck, die Mütze im Gesicht, mit seiner letzten Zeitung unterm Arm, steht wartend in der Mitte des Platzes, wo vordem der Holzstoß war. Drei Frauen liegen in den Fenstern über dem Brotladen. Schmitt schließt seinen Zeitungsstand.

SCHMITT

Da jetzt der jetzt zurückgekehrte Heinrich
Immer noch wartend hier unter euren Fenstern steht
Ihr aber wißt, er wartet umsonst, könnte euch doch
Leicht der Gedanke kommen ihn
Aufzunehmen. Bekämpft den Gedanken.
Öffnet den Mund nicht, ihn hereinzubitten
In eure letzte Kammer, auf die schon so viele warten, zu
Euren Männern, die kaum euch noch dulden.
Macht ihm keine Hoffnung auf eine
Tasse gewärmten Kaffees gereicht mit gebundenen
Händen, denn
Der Unglückliche bedarf jeden Morgen aufs neu
Eure Hilfe, darum blickt lieber nicht nach ihm hin
Der in sinkender Nacht, wartend auf was? in dem
Leeren Hof steht. Freilich sein Los ist
Finster. Jeden Augenblick eine freundliche Stimme erwartend
Setzt er sich nicht einmal.
Schaut lieber nicht hin. Ach!
Jetzt erfaßt auch mich das Mitleid.

In solchen Städten ist nicht zu leben
Seit acht Stunden lenke ich mein Auge
Ab von diesen Leuten. Vieles habe ich gesehen
Es ertranken in den Straßen der Städte viele
Vor meinem Aug, und ich ging nicht hin
Sondern befahl dem Fuß nicht zu gehen
Schon glaubte ich mich abgehärtet und bereit
Das Schlimmste zu sehen, da
In meinem 40. Jahr erfaßt mich jetzt auch
Das Mitleid, auch mich wird es
Hinabziehen.
Zum Knaben.
Komm herein hier in den Zeitungsstand, was verboten ist und mir den Zeitungsstand kosten muß, denn auf meiner Schlafstelle hast auch du nicht mehr Platz.

DIE FRAUEN *oben:*
Das kostet ihn seinen Stand! Wenn der Junge da krank wird, ist er schuld.

MEYER
Frau Queck, wir müssen für den Abend sorgen. Hier ist ein Zimmer zu vermieten.

QUECK
Herr Meyer, sofort hinein und das Zimmer gemietet. Was kostet Ihr Zimmer? Nennen Sie den Preis für dieses hübsche, gemütliche, warme und kleine Zimmer.

VERMIETERIN
Acht Mark.

QUECK
Da greife ich natürlich zu. Acht Mark für so ein Zimmer, das ist eine Gelegenheit, die nicht wiederkommt. Das Zimmer, Frau Schmitt, ist gemietet. So und jetzt geht es weiter.

MEYER
Lassen Sie Ihre Pappschachtel hier, damit das Zimmer juristisch belegt ist.

QUECK

Ich würde sie lieber immer bei mir sehen, da die Kinderwäsche drin ist.

MEYER

Die brauchen Sie doch nicht vor abend.

QUECK

Das ist richtig, Herr Meyer. Die Schachtel bleibt da. Wozu das Geschleppe! Gehen Sie voraus, Herr Meyer. Wir Frauen haben noch etwas unter vier Augen zu besprechen. *Meyer ab.*

QUECK

Die Schachtel bleibt nicht da, Frau Schmitt.

VERMIETERIN

Wenn die Schachtel nicht dableibt, ist das Zimmer nicht gemietet.

QUECK

Dann ist es nicht gemietet, Frau Schmitt.

VERMIETERIN

Und warum ist das Zimmer nicht gemietet?

III. Verse und Lieder

Chor

Aber auch unter uns gibt es
Noch Ebenen
Unter denen es wieder Ebenen
Zu geben scheint, und auch
Wir Unglücklichen
Werden von anderen noch
Glückliche
Geheißen.

Der Weg nach unten

Frage nicht, Kamerad
Wohin dein Weg führt.
Dein Weg führt
Nach unten.

Als du ein Jahr alt warst, Kamerad
Begannst du zu gehen
Du gingst –
Nach unten.

Du gingst zum Lernen
Du gingst zur Arbeit
Du gingst frisch
Du gingst mühsam
Kamerad, gehe nicht zu schnell
Du gehst nach unten.

Du nimmst eine Frau, Kamerad
Ihr bekommt Kinder
Ihr geht gemeinsam den Weg
Nach unten.

Aber du gehst sonntags im Zug mit den Kameraden
Ihr singt, ihr schwenkt vorne die Fahne
Ihr geht zum Schlag einer Trommel
Nach unten.

Wir sind zusammen marschiert, Kamerad
Wir haben demonstriert
Wir haben besprochen die neue Zeit
Wir gehen auseinander.
Wo
Treffen wir uns?
Unten.

Denn auch du, Kamerad
Gehst nicht immer
Nach unten.
Wenn du unter dem Boden liegst
Gehst du nicht mehr nach unten.

ABER SCHON DER BERICHT KÖNNTE ERSCHÜTTERN
Und manchen Ungefestigten verleiten
Denn jeder wisse, daß
Leeres Mitleid nicht hilft dem Bemitleideten, aber
Den Mitleidenden schwächt und jeder, daß
In unserer Zeit *ein*
Menschlicher Gedanke genügt
Zu durchbrechen den Boden, auf dem
Aufgestellt sind wir alle. Darum:
Tut Wachs in eure Ohren! . . .

Sogar das unvernünftige Schwein

Zertritt vor es verhungert
Sein geliebtes Ferkel
Und frißt es
Mit zitterndem Rüssel

Einst sah ich eine Suppe

1
Einst sah ich eine Suppe
Die hat mir nicht gehört
Die Suppe war versalzen
Das hat mich nicht gestört

2
Ich sah ne zweite Suppe
Die war ganz unversehrt
Ich hab sie nicht gegessen
Sie hat mir nicht gehört

3
Solange ich nicht für sie arbeit
So lang hab ich kein Recht
Und solange ich für sie arbeit
So lang bin ich ihr Knecht

4
Jetzt gibt es keine Arbeit
Sie brauchen keinen Knecht
Ich hab nämlich kein Recht auf Arbeit
Ich hab kein Recht auf ein Recht.

Rundgesang der Als

Wenn kein Holz gehackt wird
Dann backt der Bäcker kein Brot
Und wenn der Bäcker kein Brot backt
Dann gehen die Holzhacker tot

Und wenn die Holzhacker tot gehn
Für wen wird dann gebackt?
Und wenn kein Brot gebackt wird
Dann wird kein Holz gehackt

Und wenn kein Holz gehackt wird
usw.

Hier ist Wärme . . .

1
Hier ist Wärme hier tut Buße
Eßt euch hier zum letzten Male voll
Hier sind Bänke setzet euch und höret
Gottes Worte wie der Mensch sein soll.

2
Lasset Scham und Selbstachtung den reichen Leuten
Gegen eine Beichte gibts ein Brot
Tuet alles ab was noch von euch verlangt wird
Erzählt von euren Sünden und schweigt von eurer Not.

3
Hier ist Suppe. Esset sie und beichtet
Wie man sich an euch versündigt hat
Hier entschuldigt euch an diesem Ofen
Schnell für alles was man an euch tat.

IV. Bruchstücke und Notizen

Frau Queck muß fallen gelassen werden, im Wie, nicht im Das hat die Menschlichkeit ihre Skala. Also zwischen drohendem Untergang und endgültigem Untergang der Frau Queck zeigen sich und kommen zur vollen Geltung die Menschlichkeiten ihrer Genossen. Die Staatskunst W. Myres, mit der man einen Unabhängigkeitskrieg gewinnen, aber nicht Frau Queck retten könnte, der scharfe Tatsachensinn Sweenies, mit dem man eine Religion wie die Katholische zerstören, nicht aber Frau Queck retten könnte, die Brutalität und der stoische Opfersinn Jeffers.

Als Myres seinen Aufstieg beginnt, tritt Frau Quack dazwischen und blendet ihm die Augen.
Er wird gehandicapt durch seine staatsmännische Begabung, durch seinen Verstand.
Er wäre ein Bürgermeister, aber er hat nur die Berufung, nicht den Beruf.
Er, der seine Situation im ersten Akt verbessert, verliert sie, als er sich einmischt.

In der Tiefe bedarf es einen Tropfen Pechs, um einen runterzuhauen.
Herr Morgan braucht 8 Tonnen Pech, bis es ihn runterhaut.
Grundsatz aller Klassen: Weg vom Pech. (Bis auf einige Genies.)

Nutzlosigkeit der Mildtätigkeit auf individueller Grundlage.
(Weills 60 Millionen – es käme auf jeden Deutschen eine Mark!)
Wer ohne Kalkulation mildtätig ist, stürzt.
Unwissenschaftliche Mildtätigkeit!
Brown spielt eine Szene: Der mitleidige Brown!
Wohin käme ich da?

Das Lutschbonbon ist überhaupt Grund zur Armut. Mangelnder Sinn für praktische Wirtschaft.
»Solch eine Frau könnte Rockefeller selber nicht erhalten, wenn sie sein ganzes Geld zu Lutschbonbon macht.«

Das Streichholzgeschäft:
I
Könnten Sie mir ein Streichholz geben
II
Bitte
III
Könnten Sie mir Feuer geben
I
Ja, für 1 Pfennig
III
Hier (er bekommt zwei Streichhölzer)
I
Bitte (gibt die Schachtel minus zwei Hölzer zurück an II)
I hat Ware gesammelt! Er hat den Pfennig und kommt hoch!
Je höher einer steigt, um so tiefer fällt er, wenn er fällt

Polizei verlangt Fortschaffen der Möbel. Beim Kampf mit den Polizisten gehen sämtliche Möbel kaputt.
Mary stellt Polizisten ein Bein, ohne daß es jemand merkt.

Polizist fällt um, bricht Bein, wird mit Kran fortgeschafft, oben auf den Möbeln.
DIE ALS: Ein rosiger Tag!

Unglück im Übermaß ist nur komisch. Der Wirt lacht schallend, als sie ihm das Unglück erzählt.
Die 6 Dachziegel
Ein Mann wird aus dem Krankenhaus entlassen – ihm fällt, gerade als er aus dem Portal tritt, wieder ein Ziegel auf den Kopf. Man nimmt ihn wieder auf, ungern. Wird abermals entlassen, abermals fällt ihm ein Ziegel auf den Kopf, man nimmt ihn auf und beschimpft ihn: Sehen Sie sich doch vor! Wieder wird er entlassen, wieder fällt ihm ein Ziegel auf den Kopf, er sagt gleich: Jetzt bin ich wohl dran schuld? Natürlich sind Sie dran schuld, Ihnen ist ja nicht zu helfen. Man nimmt ihn nicht mehr auf.

Nicht der Husten ist das Schlimme an der Tuberkulose, sondern die Tuberkulose.

Song: Arbeitslos wird er geboren!

1) Die Heilsarmee stellt einen Versuch dar, innerhalb des Kapitalismus und mit kapitalistischen Mitteln Sozialhilfe zu treiben. Es ist nachzuweisen, daß dies nur in ganz geringem Umfang gelingen *kann*. Einerseits ist festzustellen, mit welchem Einsatz menschlicher Arbeit (von seiten der arbeitenden unteren Organe, die nicht bezahlt werden, – also durch wie viele Arbeitsstunden) diese (geringe) Hilfe zustande kommt; andrerseits gehören auch diese Heilssoldaten zu den Armen, denen geholfen wird.

2) Die Heilsarmee versteuert schon heute ein Vermögen von 600 Millionen Mark. Sie steht in England unter den ›großen Einkommen‹ an 30. Stelle. Die Heilsarmee ist die modernste aller Religionsgemeinschaften. Sie hat sich unserer Zeit angepaßt. Was Sie jetzt sehen werden, ist keineswegs ein Angriff auf die Heilsarmee. Alle uns bekannten Religionen und Religionsgemeinschaften haben ihre Fehler und nur wenige ihre Tugenden. Was Sie hier sehen, ist die gesellschaftliche Rolle, die die Religion spielt.

QUECK
Am besten wäre es, wenn ich Armenpfleger wäre. Dann hätte ich freie Wohnung, freie Heizung, freie Beleuchtung und Repräsentationsgelder. Dafür würde ich gern zweimal in der Woche den armen Leuten immer und ewig in jedem Punkte auf der Stelle einen Rat geben.

Schluß: Die arme Witwe gewinnt das große Los. Sie stellt die Arbeitslosen an. Sie hacken Holz. »Nun mal feste Holz hacken. Wollen mal sehen, ob wir in 5 Jahren noch Holz hacken.«

Inhalt

edition suhrkamp

422 Freya Eisner, Politik des libertären Sozialismus
500 Edward Bond, Bündel
773 Kurt Eisner, Sozialismus als Aktion
775 Horn, Luhmann, Narr, Rammstedt, Röttgers, Gewaltverhältnisse und die Ohnmacht der Kritik
776 Reichert/Senn, Materialien zu Joyce »Ein Porträt des Künstlers«
777 Caspar David Friedrich und die deutsche Nachwelt. Herausgegeben von Werner Hofmann
778 Klaus Fritzsche, Politische Romantik und Gegenrevolution
779 Literatur und Literaturtheorie. Hrsg. von Peter U. Hohendahl und Patricia Herminghouse
780 Piero Sraffa, Warenproduktion mittels Waren
782 Helmut Brackert, Bauernkrieg und Literatur
784 Friedensanalysen 1
787 Gesellschaft, Beiträge zur Marxschen Theorie 5
790 Gustav W. Heinemann, Präsidiale Reden
791 Beate Klöckner, Anna oder leben heißt streben
792 Rainer Malkowski, Was für ein Morgen
793 Von deutscher Republik. Hrsg. von Jost Hermand
794 Döbert R./Nunner-Winkler, G., Adoleszenzkrise und Identitätsbildung
795 Dieter Kühn, Goldberg-Variationen
796 Kristeva/Eco/Bachtin u. a., Textsemiotik als Ideologiekritik
797 Brecht Jahrbuch 1975
798 Gespräche mit Ernst Bloch. Herausgegeben von Rainer Traub und Harald Wieser
799 Volker Braun, Es genügt nicht die einfache Wahrheit
800 Karl Marx, Die Ethnologischen Exzerpthefte
801 Wlodzimierz Brus, Sozialistisches Eigentum und politisches System
802 Johannes Gröll, Erziehung im gesellschaftlichen Reproduktionsprozeß
803 Rainer Werner Fassbinder, Stücke 3
804 James K. Lyon, Bertolt Brecht und Rudyard Kipling
805 Agnes Heller, Das Alltagsleben. Herausgegeben von Hans Joas
806 Gesellschaft, Beiträge zur Marxschen Theorie 6
807 Gilles Deleuze/Félix Guattari, Kafka. Für eine kleine Literatur
808 Ulrike Prokop, Weiblicher Lebenszusammenhang
809 G. Heinsohn / B. M. C. Knieper, Spielpädagogik
810 Mario Cogoy, Wertstruktur und Preisstruktur
811 Ror Wolf, Auf der Suche nach Doktor Q.
812 Oskar Negt, Keine Demokratie ohne Sozialismus
813 Bachrach/Baratz, Macht und Armut
814 Bloch/Braudel/L. Febvre u. a., Schrift und Materie der Geschichte

815 Giselher Rüpke, Schwangerschaftsabbruch und Grundgesetz
816 Rainer Zoll, Der Doppelcharakter der Gewerkschaften
817 Bertolt Brecht, Drei Lehrstücke: Badener Lehrstück, Rundköpfe, Ausnahme und Regel
818 Gustav Landauer, Erkenntnis und Befreiung
819 Alexander Kluge, Neue Geschichten. Hefte 1-18
820 Wolfgang Abendroth, Ein Leben in der Arbeiterbewegung
821 Otto Kirchheimer, Von der Weimarer Demokratie zum Faschismus
822 Verfassung, Verfassungsgerichtsbarkeit, Politik. Herausgegeben von Mehdi Tohidipur
823 Rossana Rossanda / Lucio Magri u. a., Der lange Marsch durch die Krise
824 Altvater/Basso/Mattick/Offe u. a., Rahmenbedingungen und Schranken staatlichen Handelns
825 Diskussion der ›Theorie der Avantgarde‹. Herausgegeben von W. Martin Lüdke
826 Fischer-Seidel, James Joyces »Ulysses«
827 Gesellschaft, Beiträge zur Marxschen Theorie 7
828 Rolf Knieper, Weltmarkt, Wirtschaftsrecht und Nationalstaat
829 Michael Müller, Die Verdrängung des Ornaments
830 Manuela du Bois-Reymond, Verkehrsformen zwischen Elternhaus und Schule
831 Henri Lefebvre, Einführung in die Modernität
832 Herbert Claas, Die politische Ästhetik Bertolt Brechts vom Baal zum Caesar
833 Peter Weiss, Dramen I
834 Friedensanalysen 2
835-838 Bertolt Brecht, Gedichte in 4 Bänden
839 Géza Róheim, Psychoanalyse und Anthropologie
840 Aus der Zeit der Verzweiflung. Beiträge von Becker/Bovenschen/Brackert u. a.
841 Fernando H. Cardoso/Enzo Faletto, Abhängigkeit und Entwicklung in Lateinamerika
842 Alexander Herzen, Die gescheiterte Revolution
844 Otthein Rammstedt, Soziale Bewegung
845 Ror Wolf, Die Gefährlichkeit der großen Ebene
847 Friedensanalysen 3
848 Dieter Wellershoff, Die Auflösung des Kunstbegriffs
849 Samuel Beckett, Glückliche Tage
850 Basil Bernstein, Beiträge zu einer Theorie
851 Hobsbawm/Napolitano, Auf dem Weg zum ›historischen Kompromiß‹
852 Über Max Frisch II
853 Brecht-Jahrbuch 1976
854 Julius Fučík, Reportage unter dem Strang geschrieben
856 Dieter Senghaas, Weltwirtschaftsordnung und Entwicklung
857 Peter V. Zima, Kritik der Literatursoziologie
858 Silvio Blatter, Genormte Tage, verschüttete Zeit
859 Russell Jacoby, Soziale Amnesie
860 Gombrich/Hochberg/Black, Kunst, Wahrnehmung, Wirklichkeit

861 Blanke/Offe/Ronge u.a., Bürgerlicher Staat und politische Legitimation. Herausgegeben von Rolf Ebbighausen
863 Gesellschaft, Beiträge zur Marxschen Theorie 8/9
864 Über Wolfgang Koeppen. Herausgegeben von Ulrich Greiner
866 Fichant/Pêcheux, Überlegungen zur Wissenschaftsgeschichte
867 Ernst Kris, Die ästhetische Illusion
868 Brede/Dietrich/Kohaupt, Politische Ökonomie des Bodens
870 Umwälzung einer Gesellschaft. Herausgegeben von Richard Lorenz
871 Friedensanalysen 4
872 Piven/Cloward, Regulierung der Armut
873 Produktion, Arbeit, Sozialisation. Herausgegeben von Th. Leithäuser und W. R. Heinz
874 Max Frisch/Hartmut von Hentig, Zwei Reden zum Friedenspreis des Deutschen Buchhandels 1976
875 Eike Hennig, Bürgerliche Gesellschaft und Faschismus in Deutschland
877 Starnberger Studien 1
878 Leithäuser/Volmerg/Wutka, Entwurf zu einer Empirie
879 Peter Bürger, Aktualität und Geschichtlichkeit
880 Tilmann Moser, Verstehen, Urteilen, Verurteilen
881 Loch/Kernberg u. a., Psychoanalyse im Wandel
882 Michael T. Siegert, Strukturbedingungen von Familienkonflikten
883 Erwin Piscator, Theater der Auseinandersetzung
884 Politik der Subjektivität. Texte der italienischen Frauenbewegung, Herausgegeben von Michaela Wunderle
885 Hans Dieter Zimmermann, Vom Nutzen der Literatur
886 Gesellschaft, Beiträge zur Marxschen Theorie 10
887 Über Hans Mayer, Herausgegeben von Inge Jens
888 Nicos Poulantzas, Die Krise der Diktaturen
889 Alexander Weiß, Bericht aus der Klinik
890 Bergk/Ewald/Fichte u. a., Aufklärung und Gedankenfreiheit. Herausgegeben und eingeleitet von Zwi Batscha
891 Friedensanalysen 5
892 Franz L. Neumann, Wirtschaft, Staat, Demokratie
893 Georges Politzer, Kritik der Grundlagen der Psychologie
895 Umberto Eco, Zeichen. Einführung in einen Begriff und seine Geschichte
897 Ralph-Rainer Wuthenow, Muse, Maske, Meduse
898 Cohen/Taylor, Ausbruchversuche. Identität und Widerstand
901 Der bürgerliche Rechtsstaat. Herausgegeben von Mehdi Tohidipur
902 Ernest Borneman, Psychoanalyse des Geldes
904 Alfred Sohn-Rethel, Warenform und Denkform
905 Beiträge zur Soziologie der Gewerkschaften. Hrsg. von Joachim Bergmann
906 Brecht-Jahrbuch 1977
907 Horst Kern, Michael Schumann, Industriearbeit und Arbeiterbewußtsein
908 Julian Przybós, Werkzeug aus Licht
910 Peter Weiss, Stücke II

913 Martin Walser, Das Sauspiel mit Materialien. Herausgegeben von Werner Brändle
916 Dürkop/Hardtmann (Hrsg.), Frauen im Gefängnis
917 Bowles S./Gintis H., Pädagogik und die Widersprüche der Ökonomie
918 Klaus-Martin Groth, Die Krise der Staatsfinanzen
920 Tagträume vom aufrechten Gang. Sechs Interviews mit Ernst Bloch, Herausgegeben von Arno Münster
922 Anderson, Von der Antike zum Feudalismus
923 Sozialdemokratische Arbeiterbewegung, Band 1, Herausgegeben von Wolfgang Luthardt
925 Friedensanalysen 6
927 Ausgewählte Gedichte Brechts, Herausgegeben von Walter Hinck
928 Betty Nance Weber, Brechts ›Kreidekreis‹
929 Auf Anregung Bertolt Brechts: Lehrstücke. Herausgegeben von Reiner Steinweg
930 Walter Benjamin, Briefe 1 und 2. Herausgegeben von Gershom Scholem und Theodor W. Adorno
933 Ute Gerhard, Verhältnisse und Verhinderungen
934 Sozialdemokratische Arbeiterbewegung, Band 2, Herausgegeben von Wolfgang Luthardt
935 Literatur ist Utopie. Herausgegeben von Gert Ueding
936 Berger/Heßler/Kavemann, Brot für heute, Hunger für morgen
938 Habermas, Bovenschen u. a., Gespräche mit Marcuse
939 Thomas Brasch, Rotter Und weiter
940 Simone Weil, Fabriktagebuch
941 Ute Volmerg, Identität und Arbeitserfahrung
943 Gewerkschaften und Strafvollzug, Hrsg. v. Lüderssen u. a.
944 Alexander von Brünneck, Politische Justiz
949 Julia Kristeva, Die Revolution der poetischen Sprache
954 Elias/Lepenies, Zwei Reden. Theodor W. Adorno-Preis 1977
955 Friedensanalysen 7
956 Brecht-Jahrbuch 1978. Hrsg. Fuegi/Grimm/Hermand
957 Gesellschaft, Beiträge zur Marxschen Theorie 11
958 Friedensanalysen 8
959 Martin Walser, Wer ist ein Schriftsteller?
960 Albert Soboul, Französische Revolution und Volksbewegung
963 Starnberger Studien 2
968 Frauen, die pfeifen. Herausgegeben von R. Geiger, H. Holinka, C. Rosenkranz, S. Weigel
969 Ernst Bloch, Die Lehren von der Materie
971 Siegfried Kracauer, Jacques Offenbach
974 Jirí Kosta, Abriß der sozialökonomischen Entwicklung der Tschechoslowakei 1945-1977
979 Bertolt Brecht, Tagebücher 1920-1922
985 Agnes Schoch, Vorarbeiten zu einer pädagogischen Kommunikationstheorie

Alphabetisches Verzeichnis der edition suhrkamp